CRIME TATTOO

Du même auteur, dans la même collection :

Ce que je n'aurais pas dû voir
Surgi du passé

CRIME TATTOO

CHRISTOPHE MIRAUCOURT

RAGEOT

À celle qui est déjà tatouée
et à celui qui ne l'est pas encore.

Cet ouvrage a été imprimé sur un papier
issu de forêts gérées durablement,
de sources contrôlées.

Couverture de Cali Rezo.

ISBN 978-2-7002-3925-6
ISSN 1766-3016

Déflagration

Gothique. C'est le premier adjectif qui m'est venu à l'esprit quand la fille a poussé la porte de l'atelier, un peu avant midi. Maquillage outrancier, tunique noire sur jean noir, bottes noires, lourde croix passée autour du cou, mitaines noires, cheveux couleur aile de corbeau, la vieillissaient de plusieurs années alors qu'elle devait avoir à peine plus de dix-huit ans.

Nullement impressionnée par le portrait de la femme à barbe accroché au mur ou par celui de l'homme élastique, elle s'est avancée jusqu'au comptoir.

Cinq ou six autres portraits insolites se succédaient jusqu'à l'atelier où mon père tatouait ses clients. Loin de les rebuter, ces phénomènes de foire les attiraient aussi sûrement que le sang attire les vampires.

La fille m'a ignoré alors que mon père n'arrête pas de me seriner que, du haut de mes seize ans et de mon mètre quatre-vingts, je prends pas mal de place. Elle a jeté un coup d'œil dans l'arrière-boutique tout en pianotant sur son portable. Si elle m'avait adressé la parole, je lui aurais expliqué que c'était là que mon père stérilisait ses instruments.

Mais comme j'avais l'air d'être aussi désirable qu'un spam, je me suis muré dans le silence. Je n'aime pas les filles qui se donnent un genre. Et j'étais sûr que celle-ci, derrière ses airs rebelles, pleurnicherait dès que l'aiguille de la machine à tatouer traverserait son épiderme.

En fait, elle ne m'a pas accordé ce plaisir car elle est repartie une minute plus tard, aussi sympathique que le cercueil dans lequel elle devait dormir. Elle franchissait la porte quand j'ai remarqué qu'elle avait oublié son portable sur le comptoir.

Je dois l'avouer, le côté obscur de la force m'a incité – fortement – à ne pas bouger du tabouret sur lequel j'étais perché.

Mais mon côté « gentilgarçonbienélevé » a pris le dessus. J'ai attrapé son téléphone. Je suis sorti dans la rue.

La fille était à quelques dizaines de mètres de moi. J'allais l'appeler quand une camionnette blanche a surgi.

Elle s'est immobilisée dans un crissement de pneus et trois types cagoulés en ont jailli.

Avant qu'elle puisse pousser un cri, l'un des hommes lui a recouvert la tête tandis que les deux autres l'attrapaient et la jetaient dans le véhicule, avec autant de précaution que s'il s'agissait d'un sac à linge sale.

La camionnette a redémarré et je crois bien qu'à part moi personne n'a rien remarqué. Paris, au mois de juillet, est aussi mort qu'un bled à la campagne, surtout quand on est éloigné des sites touristiques.

Mon cœur s'est emballé. J'ai couru pour tenter de mémoriser la plaque minéralogique. Et soudain ma vie a basculé.

Il y a eu une forte explosion dans une des boutiques. La vitrine s'est transformée en milliers de lames expédiées comme autant de projectiles. Le souffle m'a soulevé de terre et projeté brutalement sur l'asphalte tandis que deux éclats de verre me cisaillaient méchamment la joue, à quelques millimètres de mon œil gauche.

Les fenêtres des bâtiments ont explosé sous l'onde de choc tandis que des alarmes stridentes se déclenchaient un peu partout. Tout autour de moi, c'était le chaos. Des gens hurlaient. Mes tympans bourdonnaient comme si j'étais resté collé contre une enceinte pendant un concert de hard-rock.

J'ai gardé les yeux rivés sur la camionnette. Je ne savais plus si ce que mon cerveau enregistrait était réel ou le fruit de mon imagination. Le véhicule a été pris de folie. Il a zigzagué et s'est encastré dans un réverbère. Les portes arrière se sont ouvertes à la volée. Avant que ma vision ne se trouble définitivement, j'ai aperçu deux des ravisseurs gisant sur le plancher. D'un coup de pied à hauteur de cou, la fille s'est débarrassée du troisième homme puis elle a bondi hors de la camionnette.

Sans un regard pour la rue que l'explosion avait transformée en scène de guerre, elle s'est enfuie. Je me souviens m'être demandé si cette fille était une sorte de ninja et si c'était elle qui avait réglé leur compte aux deux autres types. Ma dernière pensée cohérente a été pour mon père. Le connaissant, il s'inquiéterait quand il me verrait dans cet état. Et j'ai sombré dans l'obscurité.

Enterrogatoire

– Il a ouvert les yeux ! Tu m'entends ? Est-ce que ça va ? a demandé une voix féminine.

– J'ai des questions à lui poser, a coupé une voix d'homme.

– Ce n'est pas notre priorité ! s'est insurgée la femme.

J'étais allongé sur un lit, dans une chambre aux murs blancs. Malgré la chaleur, l'unique fenêtre était fermée. Elle donnait sur un ciel grisâtre. Chacun de mes mouvements provoquait une douleur d'intensité différente selon le muscle sollicité. Une perfusion reliait mon bras à une poche qui déversait un liquide goutte à goutte. Le visage inquiet d'une infirmière était penché au-dessus de mon lit.

Derrière elle se tenait un homme vêtu d'un costume sombre malgré la chaleur moite des lieux.

C'est en le voyant transpirer que je me suis rendu compte que je portais une de ces tenues légères dont on affuble les opérés dans les hôpitaux.

– Qu'est-ce qui m'est arrivé ? ai-je demandé d'une voix hésitante.

– Il y a eu une explosion, a répondu l'infirmière avec sollicitude. Le souffle t'a projeté violemment contre le sol. Tu souffres d'une commotion cérébrale et de coupures légères.

Tout m'est alors brusquement revenu en mémoire.

– Et il y a combien de temps que je suis ici ?

– Trois heures.

– Je peux lui poser quelques questions ? s'est impatienté l'homme en costume.

– C'est au médecin de décider, a répliqué l'infirmière.

L'homme a soupiré et est sorti de la chambre. Quand le docteur est passé quelques minutes plus tard, il a donné son feu vert.

– Un quart d'heure maximum, a-t-il estimé.

– Bonjour Antoine. Je suis le lieutenant Gourvenec, s'est présenté le policier. Je suis désolé de t'importuner mais les premières heures d'une enquête sont capitales.

J'ai hoché la tête en signe d'assentiment. Cependant, j'avais d'abord une question.

– Mon père n'est pas là ? Il a été blessé lui aussi ?

– L'explosion a eu lieu dans son atelier, a-t-il articulé. Je croyais que tu le savais.

Mon cerveau a enregistré ses paroles, sans que je comprenne ce qu'il essayait de me dire.

– Il a été blessé, c'est ça ?

Puis j'ai décrypté l'expression de circonstance qu'il avait plaquée sur son visage. Mon père était mort. Le froid qui m'a envahi a anesthésié mon corps et glacé mes larmes.

Je suis resté un long moment silencieux et le flic a eu la décence de ne pas intervenir. Je suis parti loin, très loin. Bangkok, Singapour, Bombay, Calcutta, Sydney, toutes ces villes qui nous faisaient rêver, mon père et moi, depuis des mois. Un voyage autour du monde que nous devions entamer à la rentrée. Un voyage que je n'aurais jamais l'occasion de vivre avec lui.

– L'explosion a fait une dizaine de blessés légers, pour la plupart à cause des éclats de verre, a enfin prononcé le policier. Ton père est la seule victime. Je suis désolé.

Il a sorti un ordinateur d'une sacoche posée contre le pied du lit. Il s'est assis sur l'unique chaise de la chambre.

– Je dois d'abord vérifier quelques éléments de routine, s'est-il excusé. Tu t'appelles Antoine Lavoisie et ton père tenait l'atelier de tatouage au 5 rue Necker, c'est bien ça ?

J'ai fait oui de la tête. Des larmes ont menacé de déborder quand j'ai entendu le flic parler de mon père au passé.

– Peux-tu me dire où tu étais exactement lorsque l'explosion a eu lieu ?

Mon père était mort. C'était comme si mon cœur avait cessé de battre.

– Où étais-tu au moment de l'explosion ? a répété le policier.

Je me suis forcé à lui répondre.

– Dans la rue, à une vingtaine de mètres de la boutique.

La fille. En quelque sorte elle m'avait sauvé la vie. Est-ce que je devais signaler qu'elle avait été enlevée sous mes yeux avant de mettre ses ravisseurs KO ? De là à ce que le flic pense que le choc me faisait délirer… J'ai préféré rester prudent.

– Une fille habillée tout en noir avait oublié son portable et je suis sorti pour la rattraper.

Le policier a tapoté son clavier.

– Je n'ai aucun témoin ou blessé ressemblant à cette description, a-t-il déclaré.

– Elle est montée dans une camionnette blanche.

« Montée »... kidnappée, oui. J'ai poursuivi :

– Juste après l'explosion, la camionnette a percuté un réverbère. Vous savez s'il y a eu des blessés ?

Le flic a consulté une nouvelle fois son écran.

– Pas d'accident non plus, ni de camionnette endommagée, a-t-il dit en m'adressant un sourire forcé qui semblait signifier « tu as pris un sale coup sur la tête ».

– Qu'est-ce qui a provoqué l'explosion ? Une fuite de gaz ?

– Non. C'est la raison de ma présence ici, a annoncé le lieutenant, satisfait que j'en revienne au sujet de sa visite. D'après les premiers éléments, il s'agit d'une bombe artisanale. Il n'y a aucune caméra de surveillance dans la rue ni dans l'atelier de ton père.

Gourvenec a levé les yeux vers moi. J'ai hoché machinalement la tête. J'avais l'impression de me débattre dans un cauchemar.

– Tu es donc mon principal témoin. Est-ce que cette fille aurait pu déposer un objet dans l'atelier de ton père sans que tu t'en rendes compte ?

– Impossible. Elle est à peine restée quelques minutes et je suis certain qu'à part son portable, elle n'avait aucune affaire.

– Un autre client ?

J'ai pris le temps de réfléchir.

– Il n'y a pas eu grand monde ce matin. Deux ou trois clients. Et encore, il y en a un qui…

Je me suis interrompu.

– Oui ? m'a encouragé le lieutenant.

– Il y a eu ce type qui avait l'air d'avoir envie d'être tatoué comme moi d'avoir une main coupée. Il est passé en fin de matinée, un peu avant la fille d'ailleurs.

– Tu peux le décrire ? a interrogé le lieutenant, soudain intéressé par mes déclarations.

J'ai fait la grimace en tentant de me redresser.

– Il portait un jogging, des baskets. Il n'était pas très grand. Il avait les cheveux courts. Bruns.

– Des affaires ?

– Un sac à dos noir Rip Curl.

– Tu es très observateur, a remarqué le policier.

– Je suis habitué à faire attention aux détails. J'ai regardé pendant des heures mon père tatouer les gens. J'ai imité ses gestes jusqu'à être capable de reproduire de mémoire n'importe quel tatouage. Je lui ai même dessiné de nouveaux modèles.

– Revenons-en à notre homme, si tu veux bien. Tu dis qu'il n'avait pas le profil d'un client habituel.

– Il a feuilleté le catalogue que mon père met à la disposition de sa clientèle, mais il tournait les pages sans y prêter vraiment attention. Il jetait des coups d'œil tout autour de lui.

– Ensuite ?

– Il est allé aux toilettes et...

J'ai plissé les yeux sous l'effort. Un souvenir tentait d'émerger.

– Son sac ! Quand il est sorti, il était comme vide !

– Tu en es sûr ?

– Oui ! Il n'avait plus la même forme !

– Je t'enverrai un agent dès demain pour qu'il établisse un portrait-robot de cet homme, a assuré le policier. Je dois maintenant te poser une question déplaisante.

Je l'ai dévisagé en me demandant ce qu'il voulait dire par là.

– Est-ce que ton père était mêlé à un trafic quelconque ?

J'ai failli m'étrangler. Il a levé la main avant que j'ouvre la bouche.

– C'est ton père, je sais, mais celui qui a posé cette bombe voulait le voir mort.

– Il tatouait les gens, ai-je martelé. Il n'était mêlé à aucun trafic.

– Est-ce qu'il paraissait inquiet, ces derniers temps ?

J'ai réfléchi.

– Au contraire ! On devait entamer un tour du monde dans deux mois à peine. On ne parlait que de ça.

L'infirmière a passé la tête par la porte.

– Le quart d'heure est écoulé, a-t-elle annoncé, pire qu'une maman poule.

Le lieutenant s'est levé.

– Réfléchis à notre conversation. Je repasserai demain. Ah ! Je laisse un agent devant ta porte. Je ne pense pas que tu coures le moindre risque, mais tu es mon unique témoin.

Je n'ai rien trouvé à répliquer. Un peu plus tard, la même infirmière m'a apporté un plateau-repas auquel je n'ai pas touché. J'avais mal partout et je ne comprenais rien à ce qui m'arrivait. Une seule certitude : j'étais orphelin. Ma mère était décédée dans un accident de la route quand j'étais gamin. Je n'avais plus mes grands-parents, ni oncle ni tante chez qui m'incruster. Est-ce que ça voulait dire que j'allais finir dans un foyer ?

J'étais à moitié endormi quand le dernier tube de Shakira a résonné. Le temps que j'émerge du brouillard où m'avaient plongé les antidouleurs, j'ai compris qu'il provenait du placard où les infirmières avaient rangé mes vêtements.

Ma montre marquait 22 heures. La bouche pâteuse, je me suis levé en traînant ma perfusion derrière moi. Un portable était posé sur une étagère. Sauf que le mien était resté dans l'atelier où il devait s'être désagrégé en centaines de petits morceaux.

Le Smartphone de la fille ! En guise de sonnerie, je me serais attendu au générique de *La Famille Addams*. L'écran affichait « numéro inconnu ». À présent tout à fait réveillé, j'ai décroché.

– Barre-toi immédiatement ! a commandé une voix féminine.

– Heu... Ce n'est pas mon portable, j'ai répondu avec prudence.

– Nan ? C'est vrai ? s'est moquée la voix. Normal, c'est le mien ! Dégage d'ici tout de suite. Ils arrivent !

En fuite

Comme dans un mauvais film, je me suis entendu demander :

– Qui ça, « ils » ? Les hommes qui ont fait exploser la bombe ?

Silence à l'autre bout du fil. Puis :

– Arrête de poser des questions ! Fous le camp !

Elle a raccroché. J'ai senti l'adrénaline m'envahir. J'étais partagé entre l'envie de suivre ses conseils et celle de rester tranquillement dans ma chambre. J'ai opté pour la première solution. Sans cette fille, j'aurais été pulvérisé. Avec une grimace de dégoût, j'ai retiré l'aiguille qui reliait mon bras à la perfusion. Une auréole rouge a maculé le pansement adhésif qui maintenait l'aiguille en place.

J'ai enfilé péniblement mon tee-shirt, sale et déchiré, mon jean qui ne valait pas mieux et mes baskets. Puis j'ai ouvert la porte en me demandant quel bobard j'allais raconter au flic de garde.

Sa chaise était vide. Je me suis glissé dans le couloir. Au loin, une porte a grincé.

J'étais désorienté. Comme dans tous les hôpitaux, un dédale de couloirs s'offrait à moi, à croire que les architectes n'étudiaient que les labyrinthes.

J'ai emprunté le couloir de gauche, puis celui de droite. Tous les numéros de chambre commençaient par « 4 ». J'en ai conclu que j'étais au quatrième étage.

J'ai longé le bureau des infirmières, aussi silencieux qu'un cimetière le jour d'un enterrement. Je me suis approché avec précaution et j'ai jeté un coup d'œil par la grande vitre qui donnait sur leur local.

Mon cœur a raté un battement. Une femme en blouse blanche était effondrée près de la cafetière et un mince filet de sang s'écoulait de son oreille.

Sa collègue, celle qui m'avait pris sous son aile, était assise, adossée contre une armoire métallique, les yeux révulsés.

Pris de nausée, je me suis appuyé contre le mur. Je nageais en plein cauchemar. J'ai survolé le cahier des admissions, ouvert à la page du jour. Mon nom et mon numéro de chambre y figuraient en bonne place. De là à imaginer que le tueur était venu pour moi, il n'y avait qu'un pas que j'ai franchi sans hésitation.

La fille n'avait pas menti. Je devais fuir au plus vite. Un « bip » strident m'a fait sursauter, l'alarme déclenchée par un des patients pour appeler une infirmière. J'espérais pour lui que ce ne soit pas véritablement une urgence.

Sans me soucier du bruit que je pouvais faire, je me suis précipité jusqu'aux ascenseurs. Mon cœur cognait dans ma poitrine. J'appuyais sur les boutons d'appel quand j'ai entendu des pas.

Un homme se tenait au bout du couloir. Lorsqu'il m'a aperçu, un sourire féroce s'est dessiné sur son visage. Il était trapu, le crâne rasé. Ses biceps étaient si gros qu'on aurait dit que ses vêtements allaient craquer sous la tension qu'ils exerçaient. Mister Stéroïde a sorti un portable de sa poche et composé un numéro en prenant son temps, comme l'araignée qui sait que la mouche engluée dans sa toile n'a aucune chance de lui échapper.

Mon rythme cardiaque est monté en flèche. La porte des ascenseurs restait désespérément close.

– Il est là.

Trois mots qui ont rendu mes jambes molles comme de la guimauve. Sans savoir pourquoi, j'étais devenu une proie. L'homme s'est avancé vers moi avec nonchalance.

Je me suis ressaisi et j'ai fait volte-face. J'ai dévalé quatre à quatre les marches de l'escalier de service en priant pour que son complice ne déboule pas afin de me bloquer le passage.

J'allais pousser la porte du rez-de-chaussée quand elle s'est ouverte sur un homme noir de grande taille, au visage zébré par trois cicatrices parallèles.

– Viens ici, toi !

Emporté par mon élan, je me suis pratiquement jeté dans ses bras. La peur au ventre, je me suis débattu avec maladresse, oubliant tout ce que j'avais appris au club de boxe.

– Lâchez-moi ! Vous me faites mal !

– Arrête de gigoter comme un lapin, a-t-il grogné en resserrant son étreinte autour du col de mon tee-shirt, ce qui a eu pour effet immédiat de m'étrangler.

Son visage était à quelques centimètres du mien et c'est à ce moment que j'ai aperçu un tatouage à la base de son cou. Il ressemblait étrangement à un Flashcode, si précis que je n'aurais pas été étonné s'il avait été tatoué par mon père, même si je ne l'avais jamais vu proposer ce genre de motif.

Mes poumons manquaient d'oxygène. Des étoiles ont papillonné devant mes yeux quand soudain, mon agresseur a crié et m'a relâché. Muni d'un coup de poing américain, un nouvel assaillant aux cheveux longs retenus par une queue de cheval venait de lui porter un violent coup au bas des reins.

Les deux hommes se sont fait face. Je n'ai pas cherché à comprendre qui était mon sauveur providentiel. J'ai repris ma course vers les étages inférieurs.

Au niveau « -2 », j'ai ouvert la porte devant moi et débouché sur un nouveau couloir plongé dans l'obscurité.

Je me suis glissé à l'aveuglette dans la première pièce qui se présentait. Il y régnait une forte odeur de détergent.

Ce n'est qu'après avoir poussé la porte battante que j'ai compris pourquoi la pièce baignait dans la pénombre : j'étais à la morgue. Seules les veilleuses de sécurité diffusaient un halo de lumière macabre sur des dizaines de tiroirs mortuaires encastrés dans le mur.

Le souffle court, j'allais rebrousser chemin quand on a ouvert la porte. J'ai dégluti avec peine.

Je n'avais aucune envie de vérifier qui avait eu le dessus dans le duel qui opposait les deux hommes.

Les néons se sont allumés et une lumière blafarde a inondé la salle. J'ai plongé derrière une table métallique. J'avais vu suffisamment d'épisodes de *Bones*, *NCIS* et des *Experts* pour savoir à quel usage elle était destinée.

Si je ne trouvais pas rapidement une solution, je finirais allongé dessus.

– Petit petit petit ! s'est amusée la voix du Balafré. Sors de ta cachette.

– Je prends à gauche, a prononcé Mister Stéroïde.

Je me suis traîné à quatre pattes jusqu'aux tiroirs. J'ai pris une grande inspiration et j'ai tiré le premier. Il a roulé sur des rails sans un bruit. Il y avait une forme humaine, recouverte d'un drap blanc. Même chose avec le deuxième tiroir puis le troisième.

– Petit petit petit ! a répété la voix qui se rapprochait.

J'ai eu plus de chance avec le quatrième, qui était vide. Je me suis glissé à l'intérieur. Immédiatement, une bouffée d'air glacé m'a enveloppé comme un suaire. J'ai appuyé mes mains contre le plafond du tiroir pour le refermer.

L'obscurité était totale. Je tremblais, autant de peur que de froid. J'ai allumé l'écran du portable que j'avais gardé dans ma poche. Je ne suis pas claustrophobe, mais j'avais l'impression d'être enfermé dans un cercueil.

J'ai repensé aux films d'horreur diffusés sur certaines chaînes de la TNT. Des récits de types qu'on enterrait parce qu'on les croyait morts et qui se réveillaient six pieds sous terre.

J'ai chassé ces idées de mon esprit. Le froid engourdissait mes membres et je serais bientôt incapable de m'échapper de mon sarcophage.

J'étais résolu à prendre le risque de sortir quand j'ai entendu les tiroirs s'ouvrir les uns après les autres.

Un SMS s'est brusquement affiché sur l'écran du portable. « Sauve-toi. L'issue de secours la plus proche de toi. »

Je n'ai pas eu le temps de m'interroger. La sonnerie stridente de l'alarme incendie a retenti dans tout l'hôpital.

Une alliée

L'un des hommes a poussé un juron.

– Qu'est-ce que c'est que ce bordel ? a grommelé l'autre.

– On se casse.

J'ai compté jusqu'à cinq et poussé sur le plafond du tiroir pour m'éjecter. Rien ne s'est produit. Les battements de mon cœur se sont affolés. Y avait-il un système de verrouillage que je n'avais pas remarqué ? J'ai poussé plus fort. Après un instant de résistance, le tiroir a roulé sur ses rails. J'étais frigorifié. L'alarme retentissait toujours avec régularité.

Sans réfléchir, je me suis éjecté. Mes muscles étaient ankylosés et je suis tombé sur le carrelage. Je me suis relevé et j'ai quitté la morgue en courant. J'ai suivi la flèche qui m'indiquait la sortie de secours.

Une pluie chaude s'est tout à coup abattue sur moi.

J'étais sur un parking éclairé par quelques lampadaires. Je longeais les voitures en stationnement quand la vitre passager d'une Opel Astra s'est désagrégée. J'ai ressenti une piqûre au bras. Ce n'est qu'en me retournant que j'ai compris qu'un type, en haut d'un escalier, me prenait pour cible comme un vulgaire lapin.

J'ai plongé entre les voitures tandis que le pare-brise d'un second véhicule explosait. J'ai progressé courbé puis je me suis risqué à jeter un coup d'œil. Mon cerveau a enregistré une silhouette athlétique qui fondait sur le tireur. Habillée façon gothique.

Je me suis relevé avec précaution. Il n'y avait plus personne. Sans demander mon reste, je me suis précipité droit devant tandis qu'au loin s'élevaient des sirènes de pompiers.

Quand j'ai estimé avoir mis assez de distance avec l'hôpital, je me suis arrêté. Le sang battait contre mes tempes. La pluie avait cessé depuis peu mais j'étais trempé. Je me suis plié en deux. Mes poumons me brûlaient. Qui étaient ces types ? Que me voulaient-ils ?

Soudain, un moteur a troué le silence de la rue. Une moto au design nerveux est apparue. Je suis fan de ces engins. Quand j'ai reconnu le modèle, j'ai immédiatement soupçonné l'identité de son propriétaire.

Qui pouvait piloter une Kawasaki Ninja, sinon mon énigmatique sauveuse ? Elle s'est immobilisée à ma hauteur et a enlevé son casque sans couper les gaz.

Elle m'a adressé un sourire moqueur.

– Je t'emmène ou tu continues à pied ?

– Comment m'as-tu retrouvé ? ai-je rétorqué sans répondre.

– Le téléphone que j'ai oublié dans l'atelier de ton père a une fonction GPS et j'ai un autre appareil qui lui est relié comme un frère siamois, a-t-elle expliqué en extirpant un téléphone identique à celui que j'avais dans ma poche.

– Qu'est-ce que tu veux ?

– On n'a pas vraiment le temps pour une interview. Soit tu m'accompagnes, soit tu te débrouilles seul.

Elle n'avait pas l'air de plaisanter et je n'avais rien à perdre. J'ai enfilé le casque qu'elle me tendait puis je suis monté derrière elle.

– Accroche-toi. Je ne voudrais pas te perdre dans un virage !

La moto a bondi et je me suis laissé enivrer par la vitesse. Nous avons abandonné derrière nous la tour Eiffel puis l'Arc de Triomphe avant d'emprunter un labyrinthe de petites rues qui m'a désorienté.

Quinze minutes plus tard, la fille s'arrêtait dans un quartier que je ne connaissais pas.

Elle a bipé l'ouverture d'un parking souterrain puis elle s'est garée à l'écart des autres véhicules.

– On est où, là ?

Elle ne m'a pas répondu, se contentant de ranger les casques.

– Est-ce que ton prénom aussi est top secret ? ai-je grincé.

– Je m'appelle Pauline.

– Et moi Antoine.

– Je sais.

Elle m'agaçait à avoir systématiquement une longueur d'avance. Elle a emprunté l'escalier de service et je l'ai suivie telle son ombre jusqu'au troisième étage. Nous avons déboulé sur un palier vieillot qui s'ouvrait sur deux logements.

– L'autre appartement est inoccupé, a-t-elle cru bon devoir m'informer, tout comme l'étage du dessous.

– Tu as fait fuir les occupants ? me suis-je moqué.

Pauline m'a fusillé du regard mais j'ai eu l'impression qu'elle esquissait un sourire. Si l'extérieur semblait vétuste, il n'en était rien une fois la porte franchie. Je n'ai pas pu m'empêcher de remarquer qu'elle avait été renforcée par un blindage.

– C'est très… chaleureux, ai-je lancé en inspectant la pièce du regard.

Une porte-fenêtre sans rideau donnait sur une ruelle mal éclairée. L'appartement était composé d'une chambre, d'une salle d'eau et d'une pièce principale. Une cuisine à l'américaine ultramoderne, une table basse, deux chaises, un futon et un grand écran plat se partageaient la vingtaine de mètres carrés, sans aucun objet personnel.

Pauline a haussé les épaules.

– Je ne vis pas ici. Nobody ne connaît l'existence de ce logement, pas même mon père.

– Tu as un père ! Bonne nouvelle. J'ai cru que tu étais le fruit d'une expérimentation biologique !

– Ha ! Ha ! Morte de rire.

Pauline m'a soudain fixé d'un air inquiet.

– Tu es blessé ?

J'ai suivi son regard. Du sang avait séché le long de mon bras. Je me suis souvenu de la douleur ressentie quand l'homme avait tiré sur moi. Par acquit de conscience, j'ai vérifié.

– Ce n'est qu'une égratignure.

– Prends une douche, a proposé Pauline. Je t'ai acheté quelques fringues cet après-midi, a-t-elle ajouté en brandissant une perruque brune.

Décidément, je n'étais pas au bout de mes surprises. J'ai suivi son conseil. L'eau m'a revigoré. J'avais mille questions à poser à Pauline. Qui étaient les hommes qui avaient tué mon père ? Pourquoi ? Et pourquoi avait-on essayé de l'enlever ? Étaient-ce les mêmes personnes qui s'en étaient prises à elle ?

J'ai enfilé un caleçon et un jean un peu trop large, mais Pauline avait prévu une ceinture. J'ai regagné la pièce principale où elle pianotait sur un ordinateur portable. Elle a levé les yeux en m'entendant arriver.

– Beau tatouage, a-t-elle déclaré en désignant un œil stylisé sur mon épaule gauche.

– Mon père avait le même, ai-je répondu, mais à l'emplacement de son cœur. Il l'appelait son « troisième œil ». J'ai imaginé le modèle à sa demande, il y a deux ans. C'est moi qui le lui ai tatoué.

J'ai attrapé le tee-shirt que me tendait Pauline et j'ai remis ma montre.

– J'étais mort de trouille en maniant l'appareil ! Mon père prétendait que désormais, il existait une connexion invisible entre nous.

– Ça a marché ? a interrogé Pauline.

J'ai cherché sur son visage des signes d'ironie que je n'ai pas trouvés.

– À deux ou trois reprises, alors que j'allais avoir de sérieux ennuis, il est arrivé au bon moment…

– Un peu comme moi, a coupé Pauline, sarcastique. Pourtant je n'ai que deux yeux !

Elle a écarté le col de sa chemise pour découvrir sur sa peau le tatouage d'un dragon aux ailes déployées.

– C'est l'œuvre de mon père ?
– Oui.
– Tu le connaissais ? ai-je demandé, intrigué.
– Je ne l'ai rencontré qu'à cette occasion. Il était impressionnant : des tatouages sur tout le corps, une carrure d'armoire à glace…
– Contrairement aux clichés, il était vif et intelligent, j'ai approuvé.
J'ai poussé un petit gloussement.
– Tu penses à quoi ?
– En maternelle, j'avais invité des copains à fêter mon anniversaire. On s'était amusés à faire des tattoos proposés dans les chewing-gums. Quand les parents ont récupéré leurs gamins, ils ont cru que c'étaient de vrais tatouages. Si tu avais vu leurs têtes ! Ça a été la dernière fois que mes camarades sont venus chez moi.
– J'imagine, a répondu Pauline en étouffant un bâillement.
– J'ai des questions à te poser, ai-je dit plus sérieusement.
– Il est presque une heure du matin, a-t-elle déclaré après avoir jeté un coup d'œil à sa montre. Je suis épuisée et j'aimerais prendre une douche. J'ai aussi besoin de dormir. Je te jure que je répondrai à tes questions demain matin. Ça te va ?
Je devais reconnaître qu'on n'était plus à quelques heures près. Et mes yeux se fermaient malgré moi.

– Je t'abandonne le futon : ma chambre est à côté.

Je me suis laissé bercer par le bruit de l'eau dans la douche. Je dormais avant que Pauline n'en sorte.

Soudain, j'ai ouvert les yeux. Un gyrophare clignotait. Une ambulance ? Un véhicule de secours ? Impossible. Pauline était devant son ordinateur qui projetait des flashs de lumière rouge, ponctués d'un signal sonore.

– Ils sont là, a-t-elle murmuré.

Je me suis redressé. Sur l'écran de l'ordinateur apparaissaient Mister Stéroïde et son pote le Balafré. Armés, ils gravissaient un escalier. Celui de notre immeuble.

Sauve qui peut !

Comment m'avaient-ils retrouvé ? Mon pouls s'est accéléré.

J'ai articulé :

– C'est en live ?

– Oui. Ils sont au troisième.

– Tu as placé une caméra dans l'escalier ?

Pauline a acquiescé.

– Deux. Elles se déclenchent au moindre mouvement.

– Je croyais que ta planque était sûre ?

– Elle l'était. Je ne comprends pas comment ils l'ont repérée.

Pauline semblait plus contrariée qu'on ait découvert l'existence de son appartement que par la présence de types armés.

– Ils en ont après toi ou après moi ? ai-je questionné, les yeux rivés sur la progression des deux types qu'une seconde caméra filmait de dos.

– Après moi, a répondu Pauline sans hésiter. Ils n'ont aucune raison de s'intéresser à toi.

Quelle chance d'être une quantité négligeable ! Cela dit, ça ne les avait pas empêchés de chercher à me tuer cet après-midi ! J'ai gardé mes réflexions pour moi et j'ai simplement demandé :

– On fait quoi ? Tu les assommes ?

Sans attendre, j'ai enfilé fébrilement mes baskets tandis que Pauline refermait son ordinateur et le glissait dans son sac à dos.

– La porte résistera assez longtemps pour qu'on s'échappe, a-t-elle pronostiqué en retirant une latte du parquet.

Elle a révélé une cachette dans laquelle elle a récupéré trois carnets. Ils ont rejoint l'ordinateur dans le sac.

– Qu'est-ce que c'est ?

– Plus tard.

Pauline a ouvert la porte-fenêtre au moment où des cliquetis résonnaient dans la serrure.

– Je leur souhaite bien du courage ! a-t-elle grimacé en enjambant le balcon.

– Hé ! Tu fais quoi ?

Je l'ai rejointe. Elle était assise sur la rambarde. J'ai compris en me penchant dans le vide. Les terrasses étaient décalées d'un étage à l'autre. Pauline s'est lâchée et a atterri avec souplesse sur celle du deuxième. Elle avait dû utiliser cette sortie de secours par le passé.

Elle ne me laissait pas le choix, d'autant que les deux armoires à glace avaient renoncé à toute discrétion et tentaient de démolir la porte.

Sans réfléchir, j'ai enjambé la rambarde mais plutôt que de sauter, j'ai préféré me suspendre aux barreaux. Puis je me suis lâché. C'était d'une facilité déconcertante.

– On remet ça ? s'est moquée Pauline avant de sauter sur le balcon du premier étage.

Je l'ai imitée en suivant ma méthode. Nous nous sommes retrouvés au pied du bâtiment quand une explosion sourde a retenti plus haut.

– Ils viennent de faire sauter la porte, a commenté Pauline sans s'émouvoir.

J'ai levé la tête. Tout cela était-il bien réel ? Pauline m'a tiré par la manche.

– À la moto ! a-t-elle ordonné.

On a emprunté la porte destinée aux piétons pour entrer dans le parking. Pauline allait grimper sur la Ninja quand un troisième homme est sorti de l'ombre, une arme à la main. Il la braquait sur elle et se tenait à une distance respectueuse. Je me suis dit qu'il devait connaître ses performances hors norme.

– Ne tentez rien, mademoiselle, a-t-il déclaré. Ça n'a rien de personnel.

– J'en suis sûre, a articulé Pauline.

Le gars ne s'occupait pas de moi alors que j'étais assez proche pour sentir son eau de toilette. C'était carrément insultant. Je lui ai décoché un uppercut qui l'a cueilli à la base du menton. J'ai serré les dents sous la douleur. Le type a vacillé. Pauline a bondi avec vélocité et lui a porté un coup de pied à l'estomac puis un autre du tranchant de la main derrière la nuque. L'homme s'est effondré comme un pantin. Pauline a expédié le pistolet sous une voiture. Le tout n'avait duré que quelques secondes.

– On y va ! s'est-elle exclamée en grimpant sur sa moto.

J'ai pris place derrière elle. Deux minutes plus tard, nous étions sur la route.

Pauline a roulé pendant une heure, prenant parfois des sens interdits ou revenant sur ses pas. Ou plutôt ses roues. J'avais vu assez de films d'espionnage pour comprendre qu'elle voulait être sûre qu'on ne nous suivait pas. L'attaque de sa planque « ultrasecrète » avait dû la traumatiser !

Brusquement, elle a garé sa Ninja sur un trottoir.

– On continue en métro. Ma moto est trop voyante, a-t-elle expliqué.

Je l'ai suivie sans broncher. Nous avons emprunté plusieurs lignes puis nous sommes remontés à la surface. Paris s'éveillait dans la douceur du petit matin et si je n'avais pas perdu mon père la veille, j'aurais sûrement apprécié ce début de journée.

– On s'installe à la terrasse d'un café ? a proposé Pauline.

Une vision

Cinq minutes plus tard, nous étions assis, elle face à un café, moi devant un jus d'orange. Besoin de vitamines. J'ai profité de ce moment de répit pour la dévisager. Sans perruque ni maquillage, elle était super jolie. Traits fins, yeux en amande et nez aquilin ainsi qu'une bouche parfaitement dessinée.

Je me suis soudain rendu compte qu'elle aussi m'observait. J'ai tenté de dissimuler mon embarras en résumant :

– Des hommes ont déposé une bombe dans la boutique de mon père, tenté de t'enlever, puis ils sont venus à l'hôpital dans le but de me tuer. Ah ! J'oubliais ! À part toi, un type à la queue de cheval s'est interposé pour me sauver. Enfin… je crois.

Comme Pauline gardait le silence, j'ai poursuivi :

– Une fille incroyable, moitié humaine, moitié ninja, est venue à mon secours deux fois et j'ignore pourquoi. Que faisais-tu à la boutique hier ?

Pauline a plongé ses yeux dans les miens.

– J'ai intercepté un mail. Qui évoquait le projet de tuer ton père en faisant exploser une bombe dans son atelier.

Je n'ai pas relevé le mot « intercepter » qui, dans la bouche de Pauline, devait signifier « hacker ». Une autre de ses compétences ?

– Ça n'a pas été suffisant pour le sauver, ai-je lancé.

Pour la première fois, une émotion a traversé son visage. De la tristesse.

– Ils avaient déjà déposé leur bombe. Je suis arrivée trop tard, mais toi tu en as réchappé.

J'ai médité ses paroles.

– « Ils » ? Tu les connais ? Qu'est-ce que tu sais d'eux ?

– Je ne peux pas t'en parler, a rétorqué vivement Pauline.

Je n'ai pas insisté. Je reviendrais à la charge plus tard.

– Pourquoi ont-ils voulu t'enlever ?

– Je possède quelque chose qui leur appartient.

En un éclair, j'ai compris.

– Les carnets ?

Pauline a esquissé un sourire.

– Bien vu. Inutile de me demander ce qu'ils contiennent, d'accord ?

Je suis revenu sur un point qui me préoccupait.

– Tu as « oublié » ton portable à l'atelier pour que je sorte et que j'échappe à l'explosion ?

– Oui.

– Si je ne te l'avais pas rapporté…

Pauline s'est contentée de souffler sur son café brûlant. J'étais assis. Heureusement.

– Je l'ai toujours, ai-je dit en fouillant dans la poche de mon jean.

– Garde-le, a-t-elle rétorqué.

– J'accepte ce cadeau !

J'ai poursuivi mon interrogatoire.

– Pourquoi on a tenté de me tuer à l'hôpital ?

– C'est justement ce que je ne comprends pas. Je ne veux pas te vexer, mais tu n'as aucune valeur à leurs yeux.

Soudain, j'ai été pris d'un vertige. Je voyais les lèvres de Pauline remuer mais je n'entendais rien. Quelqu'un avait pris les commandes de mon esprit. Je me suis rattrapé à la table en zinc. Une vision puissante m'a submergé. Celle d'un énorme rocher, planté dans la mer, au bord d'une falaise sur laquelle se profilait un village.

Un rocher et un paysage si caractéristiques que je les ai identifiés sans hésitation. Le Grain de sable. Bonifacio. Puis la silhouette d'un phare s'est imposée.

– Tout va bien, Antoine ? s'est inquiétée Pauline.

Reprenant mes esprits, j'ai balbutié :

– Mon père est vivant.

Une autre fille m'aurait dit :

« C'est impossible. »

Pauline s'est bornée à demander :

– Comment le sais-tu ?

J'étais tellement bouleversé par l'expérience que je venais de vivre que j'ai mis quelques secondes avant de répondre.

– Le troisième œil.

– Le fameux lien entre ton père et toi ?

– Oui.

– Ça fonctionne comment ?

J'ai balbutié :

– Je... je n'en sais rien. Jusqu'à présent, c'était à sens unique.

– De nombreux jumeaux certifient ressentir au même moment des émotions identiques alors qu'ils se trouvent à des centaines de kilomètres l'un de l'autre, a déclaré Pauline.

– Mon père m'a toujours affirmé que, le moment venu, je serais en mesure de voir à travers ses yeux. C'était hyper flippant.

– À l'appart, tu m'as raconté qu'il était parfois intervenu quand tu étais en danger. Tu as un exemple ?

J'ai hoché la tête.

– C'était en hiver et la nuit était déjà tombée. Je revenais de chez un copain quand quatre types m'ont agressé. Ils m'ont entraîné dans une ruelle et menacé avec un cran d'arrêt pour que je leur file du fric. Comme je n'avais que mon portable sur moi, ils m'ont frappé. J'étais paniqué. Je ne savais plus comment m'en sortir.

– Et ton père a débarqué, a enchaîné Pauline.

J'ai acquiescé.

– Il a désarmé celui qui tenait le couteau et il les a mis en fuite. C'est après que je me suis inscrit dans un club de boxe.

– Qu'est-ce que tu as vu tout à l'heure ?

– Un rocher d'où je plongeais, il y a deux ans. C'est au pied de Bonifacio. En Corse. Les habitants l'appellent le Grain de sable. J'ai vu aussi un phare, que je ne connais pas.

– C'est là qu'il serait ?

– C'est possible. Mais comment a-t-il pu survivre à une explosion pareille ? ai-je murmuré.

– Il y a forcément une explication, a assuré Pauline.

– Ces types auraient fait exploser une bombe dans son atelier pour faire croire à sa mort ?

– Non, a lâché Pauline. Ça n'aurait pas de sens.

Pauline et les nombreux secrets qu'elle dissimulait avaient le don de m'agacer. Je me suis levé brusquement.

– Qu'est-ce que tu fais ?

– Je vais rendre visite au lieutenant qui m'a interrogé à l'hôpital, ai-je répondu, le regard froid. Mon père est vivant et retenu contre son gré, j'en suis sûr.

Pauline s'est levée à son tour.

– Je comprends ce que tu ressens. Mais comment va-t-il réagir quand tu lui parleras du troisième œil ? Comment expliqueras-tu que tu te sois enfui de l'hôpital au beau milieu de la nuit, en laissant deux infirmières assassinées derrière toi ? Comment réagira-t-il quand tu lui raconteras que ton père se trouve en Corse ? Il va t'interroger pendant des heures alors que ton père est peut-être en danger de mort !

Est-ce qu'elle avait un doctorat en psychologie ? Chacun de ses arguments était irréfutable.

– Je vais t'aider à le retrouver, a-t-elle conclu. Tu as raison sur un point : il a certainement été enlevé, mais pas par les hommes qui ont posé la bombe. Eux avaient l'intention de le tuer.

– Je ne veux pas de ton aide.

Ma phrase a claqué dans l'air comme un coup de fouet.

– Comment ça ? a questionné Pauline, interloquée.

Le visage fermé, j'ai déclaré :

– Tu détiens des infos et des secrets que tu ne partages pas. Je te remercie pour les risques que tu as pris pour moi. Mais j'en ai marre d'avancer à l'aveuglette. Si tu sais qui nous pourchasse et pourquoi, mets-moi dans la confidence.

Nous nous sommes dévisagés un long moment. Enfin, Pauline a articulé tout bas :

– Tu as besoin de réponses ? Alors suis-moi.

Nous avons repris le métro puis le RER A en direction de Saint-Germain-en-Laye. La rame était presque déserte.

– Où tu m'emmènes ?

– Sois patient. Tu voulais des réponses, tu en auras.

Une visite

Moins d'un quart d'heure plus tard, nous sommes descendus à Rueil-Malmaison. Comme à son habitude, Pauline m'a entraîné dans des dizaines de ruelles et, très vite, je me suis senti complètement désorienté. Est-ce qu'elle craignait qu'on nous suive ?

Puis elle s'est engagée dans une rue calme à l'écart du centre-ville et s'est arrêtée devant une grande bâtisse qu'on distinguait derrière un portail imposant. Une plaque de marbre indiquait avec sobriété : *Les glycines*.

Pauline a appuyé sur le bouton d'un interphone. Presque aussitôt, une voix de femme a répondu :

– Oui ?

– Véronica Lemars, s'est présentée Pauline.

– Je vous ouvre, mademoiselle.

– Tu m'expliques ? ai-je demandé tout en lui emboîtant le pas sur l'allée qui menait au bâtiment.

– C'est une fausse identité, a-t-elle répliqué, décontractée.

– Ajouter des mensonges aux mensonges, c'est une conception un peu étrange de la vérité, non ? ai-je lancé en parcourant du regard le magnifique parc qui s'étendait derrière la bâtisse. Tu veux bien me dire ce qu'on fiche ici ?

Pauline m'a adressé un signe que j'ai traduit par « patience ». Nous sommes entrés dans un hall et elle s'est dirigée sans hésitation vers une femme d'une quarantaine d'années, habillée élégamment, qui se tenait derrière un bureau. Une petite plaque indiquait « ADMISSIONS ». Est-ce qu'on était dans une clinique ?

La femme a adressé un sourire à Pauline.

– Votre père se trouve en salle d'activité, a-t-elle déclaré. Il a passé une bonne nuit.

Pauline l'a remerciée et nous avons emprunté un grand escalier qui menait à l'étage.

– C'est quoi cet endroit ? ai-je insisté. Tu veux me présenter ton père ? Je n'ai pas l'intention de t'épouser, tu sais !

Pauline s'est retournée, le temps de me fusiller du regard.

Je l'ai suivie sans rien ajouter jusqu'à une grande salle occupée par une dizaine de personnes. Certaines étaient plantées devant une émission de télévision sur les animaux domestiques. D'autres jouaient à des jeux de société.

Je suis resté un peu en retrait tandis que Pauline s'approchait d'un homme d'environ soixante ans, assis dans un fauteuil, devant une fenêtre qui s'ouvrait sur le parc.

Je l'ai dévisagé avec curiosité. Il était maigre et sa chevelure était aussi blanche que la farine. Pourquoi était-il ici ? Était-il malade ?

Il a levé la tête. Son visage n'a exprimé aucun sentiment. Le père et la fille sont restés face à face sans prononcer un mot.

– Vous cherchez quelqu'un, mademoiselle ? a-t-il enfin articulé.

Malgré moi, j'ai sursauté. J'ignorais les raisons qui avaient poussé Pauline à m'entraîner jusqu'ici mais je savais pourquoi son père était là. Alzheimer. La maladie qui prive les personnes de leurs souvenirs les plus intimes, jusqu'à leur faire oublier qui sont leurs enfants, leur femme, et même leur identité.

Pauline et son père ont échangé encore quelques mots comme s'ils étaient de parfaits inconnus, puis elle m'a rejoint.

– Il ne me reconnaît plus depuis deux mois, a-t-elle déclaré d'un ton froid.

– Il y a longtemps qu'il est malade ?

– Les premiers symptômes sont apparus il y a un peu plus d'un an.

– Et… tu veux bien me dire quel est le lien entre ton père et ce qui nous arrive ?

Une ombre s'est répandue sur le visage de Pauline. Son père gardait toujours le regard rivé vers le parc.

– Que penserais-tu si je t'avouais que cet homme – mon père – avant sa maladie était un monstre ?

J'ai froncé les sourcils.

– Tu peux préciser ?

– Côté face, mon père dirigeait une respectable société spécialisée dans la recherche technologique, appelée NanoTronik. Son slogan : « Améliorer le quotidien de demain ». Côté pile, son entreprise dissimulait les activités d'une organisation criminelle dont il était le big boss, a lâché Pauline, le ton coupant.

Ses paroles m'ont cueilli comme un coup de poing.

– De quoi parles-tu ? ai-je demandé, incrédule. C'est un parrain de la mafia ?

– Non. Mais il n'a rien à leur envier, a-t-elle assené, amère.

Elle a ajouté après un temps de silence :

– Son domaine, ce sont les nanotechnologies.

L'incompréhension devait se lire sur mon visage parce que Pauline a adopté la même intonation que mon prof de physique.

– Les nanotechnologies utilisent des dispositifs infiniment petits, de l'ordre du nanomètre. Pour te donner une idée, un nanomètre est des dizaines de milliers de fois plus fin qu'un cheveu ! Les nanotechnologies sont présentes dans de nombreux produits, comme nos téléphones portables, nos ordinateurs, le matériel électroménager…

– J'ai compris le principe. Mais en quoi le fait d'utiliser ces nanotechnologies dans des grille-pain transforme-t-il ton père en criminel ?

À la manière dont Pauline a crispé la mâchoire, j'ai compris qu'elle prenait sur elle pour ne pas m'asséner une répartie cinglante.

– Ça, c'est le côté face, a-t-elle lancé le regard noir. Côté pile, NanoTronik fabrique et développe les armes du futur. Des robots-méduses, des libellules-drones quasiment indétectables, et les vend au plus offrant : cartel de la drogue, groupes terroristes… Des armes si petites et si futuristes qu'elles sont indétectables par les systèmes de sécurité actuels. Et quand une personne devient gênante…

Pauline n'a pas achevé sa phrase. Ce n'était pas nécessaire. Ses paroles m'ont glacé.

Mon regard a glissé vers son père, immobile dans son fauteuil. Il ne semblait pas plus dangereux qu'un légume posé dans l'assiette d'un végétarien. Je me suis rappelé ma réaction, à l'hôpital, quand le flic avait évoqué la possibilité que mon père soit mêlé à un trafic louche. Ça m'avait paru impossible mais, depuis les révélations de Pauline, l'impensable était devenu probable.

– Ça fait longtemps que tu es au courant de ses activités ?

– Je crois que je l'ai toujours su. Et ce que j'ignorais, je l'ai découvert en pénétrant dans les ordinateurs de NanoTronik.

Elle m'a défié du regard.

– Je n'ai pas eu une enfance ordinaire, a-t-elle poursuivi sans me quitter des yeux. J'ai été élevée dans un institut privé dès l'âge de six ans. Le matin, des professeurs me dispensaient des cours et l'après-midi, je m'entraînais aux arts martiaux.

Je n'ai pas pu m'empêcher d'ironiser :

– Tu étais chez les moines Shaolin ?

– Très drôle ! a-t-elle rétorqué. Je revenais à la maison pendant les vacances. Parfois, je surprenais des bribes de conversation entre mon père et certains de ses associés.

J'ai eu la nette impression qu'elle était sur le point d'ajouter quelque chose de plus personnel mais elle s'est ravisée.

– Et… ta mère ?
– Elle s'est réfugiée dans l'alcool jusqu'au point de non-retour.
– C'est moche, ai-je prononcé d'un ton gauche.
Pauline a haussé les épaules.
– C'est du passé.
– Si ton père est ici, ai-je réfléchi, ce n'est donc pas lui qui a commandité la tentative de meurtre de mon père, ni qui a lancé des hommes de main à notre poursuite. Qui alors ?
– Nils Sanders. Dans l'organigramme de sa société, c'est juste un consultant, un homme de l'ombre. En fait, il est bien plus que ça : son bras droit. Je déteste ce type ! Quand il s'est rendu compte que mon père perdait peu à peu la mémoire, il a tenté de profiter de sa faiblesse pour prendre les rênes de NanoTronik. Il a envoyé ses sbires pour l'assassiner mais… j'ai déjoué leurs plans.
Je n'ai eu aucun mal à imaginer Pauline se débarrasser de deux ou trois brutes.
– Que s'est-il passé après ?
– J'ai placé mon père dans cette clinique sous un nom d'emprunt. Et j'ai décidé d'agir.
Pauline s'est tue un instant, plongée dans ses souvenirs.
Puis elle a repris :
– Quand les médecins ont annoncé à mon père que la perte de mémoire était irréversible,

il a pris la précaution d'ouvrir un coffre à mon nom dans une banque suisse où sont enfermés tous les documents nécessaires à la survie de la partie criminelle de NanoTronik. Sans oublier trois carnets que j'ai découverts chez lui. Ils contiennent des numéros de comptes connus de lui seul, le nom d'hommes de paille, de personnalités influentes corrompues. Il espérait sans doute que je prenne la suite ! Un joli héritage fait de sang et d'argent sale, tu imagines ?

– Ç'aurait été plus simple d'enregistrer ces informations sur un disque dur, une clé USB ou même dans le cloud plutôt que dans des carnets, non ? me suis-je étonné.

– Aucun fichier informatique n'est à l'abri des hackers, a rétorqué Pauline. Mon père était mieux placé que quiconque pour le savoir : son organisation passait son temps à cracker les sécurités de sites réputés inviolables pour profiter des avancées scientifiques d'autres chercheurs. Après que Sanders a tenté de le faire disparaître, j'ai emporté les carnets et injecté un virus informatique dans le réseau de NanoTronik qui a endommagé les données.

– Pourquoi tu n'as pas détruit les carnets ? Ou que tu ne les as pas transmis à la police ?

– Pour l'instant, c'est son assurance-vie et la mienne, a affirmé Pauline, les mâchoires crispées.

J'ai hésité avant de demander :

– Si j'ai bien compris, c'est aussi ce Nils Sanders qui a voulu tuer mon père. Tu sais pourquoi ?

– Non, désolée. J'ai juste intercepté ce mail alors que je le surveillais.

Elle a planté ses yeux dans les miens, comme pour mieux me convaincre. Je voulais bien la croire, mais je ne pouvais plus ignorer que mon père était lié à cette entreprise criminelle. Sinon, pourquoi aurait-elle cherché à se débarrasser de lui et pour quelle raison me poursuivrait-elle ?

– On y va ? a proposé Pauline. Mon père a beau être un monstre, ça me déprime qu'il ne sache plus ce que je représente pour lui.

J'ai acquiescé.

Contrairement à Pauline, je n'avais que de bons souvenirs de mon père. Le décès de ma mère l'avait laissé désemparé, mais il s'était occupé de moi avec tendresse. Quand je n'allais pas à l'école, j'adorais passer des heures dans son atelier, à voir les dessins prendre vie sur le corps des gens.

Et puis il y avait ce tour du monde pendant lequel nous devions découvrir des pays aux noms parfois mystérieux et « nous ouvrir aux autres cultures », selon ses termes. Nous avions établi notre itinéraire. J'étais inscrit au CNED afin de suivre des cours par correspondance.

Ce projet était réduit à néant aussi sûrement qu'une forêt après un incendie.

Nous nous sommes retrouvés dans la rue.

– Que veux-tu faire maintenant ? a interrogé Pauline.

Je n'avais plus aucune raison de repousser son aide.

J'ai proposé :

– On file à l'aéroport ?

En même temps que je prononçais ces paroles, je me suis traité d'idiot. Je n'avais pas un euro en poche, pas de carte bancaire, pas de carte d'identité.

Quant à aller jusqu'à l'appartement que mon père et moi partagions à deux rues de la boutique, après les révélations de Pauline cela me paraissait être une très mauvaise idée. Si on me recherchait, c'était sûrement le premier endroit où on m'attendrait.

– On ne prend pas l'avion, a coupé Pauline en m'entraînant à sa suite. À l'instant où tu achèteras ton billet, tu seras repéré, soit par la police, soit par les hommes de Sanders.

– Qu'est-ce que tu suggères ?

– Premièrement, on change d'apparence.

– C'est indispensable ?

– Si tu veux échapper aux caméras de surveillance et croiser des flics sans qu'ils t'interpellent, c'est mieux !

Une fois encore, Pauline réagissait comme si elle avait reçu une formation d'agent secret. Est-ce que ça avait fait partie de son entraînement ? Sans se rendre compte de mon trouble, elle a poursuivi :

– Deuxièmement, on passe à la gare acheter un billet de train.

Pauline a pianoté sur son Smartphone et a affiché le site de la compagnie Corsica Ferries.

– Il y a plusieurs ferries qui partent de Toulon. On embarquera sur l'un d'entre eux. On sera en Corse ce soir ou demain matin au plus tard.

– Le problème sera le même qu'à l'aéroport, non ?

– Qui a dit que nous allions payer notre voyage ? a ironisé Pauline.

Elle est entrée dans une supérette qui venait d'ouvrir.

– Allons acheter des teintures et quelques accessoires indispensables pour notre voyage ! a-t-elle lancé.

– Je n'ai pas d'argent, ai-je dit, mal à l'aise.

Elle a haussé les épaules. Comme si elle s'en moquait.

Signal d'alarme

Il était 10 h 35 et la gare de Lyon se dressait devant nous.

– À partir d'ici, on ne se connaît plus, a déclaré Pauline.

Désormais, elle était blonde et elle avait relevé sa chevelure en chignon. Nous avions loué une chambre dans un hôtel minable le temps de cette transformation. La magie du maquillage avait rendu Pauline méconnaissable. Des lunettes de vue parachevaient son déguisement.

Moi, je portais une casquette qui dissimulait en partie la teinture qui donnait une couleur caramel à mes cheveux. Pauline m'a glissé deux billets de cinquante euros et elle a poursuivi :

– J'entre dans la gare. Tu patientes cinq minutes avant d'en faire autant.

– Je connais les consignes par cœur, ai-je soupiré. Je vais à un guichet et j'achète un aller. Je paie en cash et pas par carte bancaire – de toute façon, je n'en ai pas – parce que chaque transaction laisse une trace informatique. Tu es sûre qu'on ne peut pas faire le trajet dans le même wagon ?

Pauline a repris :

– On en a déjà parlé. Les types qui nous poursuivent recherchent deux ados. On passera plus facilement inaperçus en voyageant séparément.

Je trouvais ces précautions excessives mais je n'ai pas voulu la contrarier.

Notre train partait à 10 h 47 et arriverait quatre heures plus tard à Toulon. Affublé de mes nouveaux vêtements, j'étais incognito au milieu des centaines de voyageurs qui se pressaient dans le hall immense. Comme convenu, j'ai acheté mon billet puis je l'ai composté.

La grande horloge de la gare marquait 10 h 43. J'ai évité soigneusement trois militaires armés qui patrouillaient et j'ai remonté le quai jusqu'à mon wagon. Je me suis installé sur mon siège, côté fenêtre.

Deux minutes avant le départ, un contrôleur s'est excusé pour le retard qu'allait prendre notre TGV, suite à un incident sur la ligne.

Dix minutes plus tard, une jeune trentenaire, essoufflée, s'est jetée sur le siège à côté de moi. En voilà une qui avait su profiter du retard pour attraper son train. Des écouteurs sur les oreilles, elle ne semblait pas disposée à entamer une conversation. Ça tombait bien, moi non plus.

Le TGV s'est ébranlé peu après.

J'ai fermé les yeux et je me suis rapidement assoupi.

Je somnolais depuis un certain temps quand j'ai été brusquement projeté contre le dossier du siège avant. Des cris de panique ont retenti aussitôt autour de moi. Dans un grincement assourdissant, le TGV freinait.

– On a tiré le signal d'alarme ! a hurlé une femme.

Du sang coulait de mon nez et j'avais l'impression que mon crâne allait exploser.

– Suis-moi, a articulé ma voisine d'un ton sans réplique.

Je l'ai dévisagée sans comprendre. Elle avait ôté ses écouteurs et affichait un air déterminé.

– Police ! a-t-elle poursuivi en brandissant une carte avec sa photo barrée de tricolore. Accompagne-moi.

Le TGV s'était immobilisé. L'esprit paralysé, j'ai obtempéré. La femme ne semblait pas savoir que nous voyagions à deux. En me dirigeant vers la porte du wagon, je me suis demandé si Pauline allait voler à mon secours.

Près de la sortie, un homme nous attendait. J'ai reconnu le Bon Samaritain à la queue de cheval qui m'avait secouru à l'hôpital. Il gardait des hématomes sur le visage et une certaine raideur dans l'épaule droite en souvenir de cette nuit. Alors comme ça, c'était un flic ?

Nous sommes descendus sur la voie. Je sentais les regards des passagers peser sur nous à travers les fenêtres. Nous avions stoppé en pleine campagne. Le soleil, qui brillait dans un ciel sans nuage, m'a fait éternuer. Anomalie génétique, paraît-il. Après la fraîcheur du wagon climatisé, je me suis retrouvé comme un poulet dans un four.

Une Mercedes noire banalisée nous attendait sur la route qui longeait la voie. Le grillage qui protégeait la ligne à grande vitesse avait été cisaillé pour ouvrir un passage jusqu'à la voiture.

– Pose tes fesses derrière, a ordonné l'homme en s'asseyant à côté de moi.

La femme, elle, s'est installée à côté du chauffeur, un gars qui ressemblait autant à un policier qu'un loup à un agneau.

Un GPS était allumé. D'après les indications affichées sur l'écran, notre trajet n'excéderait pas une demi-heure. Quand la voiture a démarré, j'ai jeté un coup d'œil par la lunette arrière. J'espérais que Pauline descendrait du TGV mais mon espoir a été déçu. J'allais devoir me débrouiller comme un grand ! La femme a sorti un portable de sa poche et a composé un numéro.

– Il est avec nous, a-t-elle prononcé en me jetant un coup d'œil furtif. Oui, tout va bien... OK. Je note.

Puis elle a attrapé une feuille et a griffonné quelques mots.

J'ai réfléchi à toute allure. Même un enfant de cinq ans n'aurait pas confondu ce trio avec des flics. La police ne tire pas les systèmes d'alarme quand il suffit d'attendre que le train arrive à quai. La police ne cisaille pas des grillages.

J'ai pris mon courage à deux mains et j'ai lancé comme une évidence :

– Vous n'êtes pas des policiers.

Le conducteur et la femme ont échangé un regard entendu ; c'est l'homme à la queue de cheval qui a pris la parole.

– Nous appartenons à une unité qui intervient sur le terrain quand des actions moins « conventionnelles » sont nécessaires.

– Vous êtes une sorte de brigade fantôme qu'on appelle à la rescousse dans les cas désespérés ?

Le conducteur et ses passagers se sont jeté un bref coup d'œil mais, cette fois-ci, aucun n'a répondu.

Après tout, ça m'était égal.

– Pourquoi me recherchiez-vous ?

– Pour te sauver la vie.

Je me suis tourné vers mon ange gardien.

– Qui sont les hommes qui me poursuivaient à l'hôpital ?

– Secret professionnel.

– Tant que nous te protégerons, a enchaîné le chauffeur, tu seras en sécurité.

C'était affirmé avec beaucoup d'assurance, une assurance que je ne partageais pas. Que savaient-ils à propos de NanoTronik ?

– Où m'emmenez-vous ? me suis-je inquiété en jetant un coup d'œil au GPS qui indiquait qu'il restait à peine dix minutes de trajet.

– Dans un lieu où tu ne risqueras rien, a déclaré la femme. Tu peux m'appeler Maja.

Les autres ne se sont pas donné la peine de décliner leur identité.

– Comment avez-vous su que j'étais dans ce train ?

L'homme assis à côté de moi a haussé les épaules.

– Notre service a accès aux caméras de surveillance des gares. Une fois qu'on les couple à un logiciel de reconnaissance faciale, c'est pour nous un jeu d'enfant de détecter les gens recherchés, même quand ils portent une casquette ou qu'ils foirent leur coloration.

Je me suis senti bête.

Et très naïf.

Pris d'une inspiration subite, j'ai demandé :

– Le retard du TGV, c'était vous ?

– Ça nous a donné le temps de monter dans le train, a approuvé Maja.

– Ça n'aurait pas été plus simple de me faire descendre avant qu'il parte ?

– Nous avions peur que les hommes qui te recherchent soient déjà dans la gare.

– Qu'est-ce qu'ils me veulent ? Et vous ?

– Nous en reparlerons plus tard, a coupé le chauffeur qui ne semblait pas apprécier les confidences de ses collègues.

– Qu'est-ce que tu faisais dans ce train ? a questionné Maja.

Est-ce qu'ils savaient que mon père était toujours en vie ? J'ai décidé de protéger cette information tant que je ne connaîtrais pas leurs intentions.

– Tous ces types après moi, ça m'a fait flipper. Alors j'ai foncé à la gare et j'ai pris un billet pour le premier train.

Ma réponse a eu l'air de la satisfaire. Nous avons traversé un village écrasé par le soleil. La Mercedes a brusquement tourné à gauche et s'est immobilisée devant un portail automatique. Une pression sur le bouton d'une télécommande et il a glissé le long d'un rail. Notre véhicule a remonté une allée gravillonnée pour s'immobiliser devant une maison en pierre. Les volets étaient fermés et l'herbe haute.

– On est où ?

Personne ne m'a répondu. La maison, déserte et froide, semblait inhabitée depuis des mois. L'intérieur était aussi chaleureux que la planque de Pauline. C'était donc ça cet endroit ? Une planque ?

Maja a rapidement visité les différentes pièces puis elle a ouvert les volets et le soleil a aussitôt inondé le salon. Le chauffeur est passé dans la cuisine américaine. Il a fouillé les placards et poussé un grognement de dépit.

– Y a rien à bouffer, s'est-il lamenté.

– Je vais acheter des sandwichs au village, a décrété le type à la queue de cheval en attrapant les clés de la voiture.

– Prends aussi à boire, a commandé son collègue. Installe-toi, a-t-il ajouté à mon intention. Tu peux allumer la télé. Quand on aura mangé un morceau, on discutera de la suite des événements.

J'ai suivi son conseil. Je n'étais pas de taille à lutter et, a priori, je ne risquais rien en leur compagnie. Il était plus d'une heure de l'après-midi et moi aussi j'avais faim.

– Je vais installer le matériel dans le bureau, a annoncé Maja.

Elle a saisi une mallette qu'elle avait sortie de la voiture et a disparu dans une pièce voisine tandis que son collègue se plongeait dans l'étude d'un dossier. J'ai allumé la télé. Je suis tombé sur un clip où des filles se trémoussaient près d'une piscine tandis que deux rappeurs sirotaient un verre, vautrés sur une bouée. Eux avaient l'air de s'amuser.

Tout à coup, il y a eu un bruit d'objets renversés dans la pièce où s'était enfermée Maja. Je me suis redressé.

– Ne bouge pas ! a intimé son collègue en brandissant une arme.

Puis la porte du bureau s'est fracassée et Maja est passée à travers le chambranle avant de s'écrouler.

Exfiltration

L'homme s'est précipité vers sa collègue qui gisait sur le sol, inanimée. Il allait s'engouffrer dans le bureau quand il a reculé sous l'effet d'un impact. Son corps s'est mis à trembler, comme s'il s'était électrocuté, avant de s'effondrer. J'ai reculé, les nerfs à vif.

– Voilà une arme très dangereuse, a ironisé Pauline en me fixant.

Je me suis rendu compte que je braquais sur elle la télécommande. Je l'ai jetée sur le fauteuil en rougissant.

– Qu'est-ce que tu lui as fait ? ai-je demandé en m'approchant de l'homme à terre.

– Taser ! s'est-elle exclamée en brandissant le pistolet à impulsion électrique comme s'il s'agissait du dernier téléphone à la mode.

– Tu es une grande malade ! ai-je déclaré, abasourdi.

– Tu veux vraiment qu'on entame une discussion philosophique sur le bien et le mal en attendant le retour du gars que j'ai vu partir en voiture ?

La désinvolture de Pauline m'exaspérait. Je n'étais pas capable d'apprécier un trait d'humour à ce moment précis.

– La femme aussi tu l'as…

– Pas elle, non. Combat à la loyale, a-t-elle assuré en fouillant la pièce.

Je me suis approché de Maja et, surmontant ma répugnance, j'ai fouillé sommairement ses poches. Je voulais savoir à qui j'avais vraiment affaire.

Je suis tombé sur la carte professionnelle qu'elle avait sortie dans le train. Elle me l'avait présentée trop vite pour que j'aie le temps de la lire. Elle faisait partie d'une Unité d'Intervention pour la Sécurité du Territoire. Des agents secrets ! Rien que ça !

J'ai replacé la carte dans la poche quand j'ai senti une légère résistance. Au fond il y avait un papier plié en quatre.

Ma respiration s'est accélérée. C'était la feuille sur laquelle Maja avait noté ce que lui dictait son interlocuteur. Je l'ai dépliée. Il y avait seulement deux séries de chiffres.

41.36668
9.183691

Je les ai griffonnées à mon tour sur une feuille tandis que Pauline fourrait dans son sac à dos le dossier lu par le gars. Le temps pressait. Nous sommes sortis par-derrière, avons traversé un jardinet et passé par-dessus un muret qui donnait sur une ruelle. Pauline s'est dirigée vers une Citroën C3 bleu ciel garée le long du trottoir.

– Notre nouveau bolide ! a-t-elle déclaré en ouvrant la portière.

J'ai préféré ne pas lui demander de quelle façon elle se l'était procuré. Je me suis muré dans le silence, partagé entre des sentiments contradictoires. J'ignorais si je devais être reconnaissant de son aide ou furieux qu'elle ait agressé deux personnes.

– Tu ne veux pas savoir comment je t'ai retrouvé ?

J'ai haussé les épaules.

– Je suppose que tu m'as repéré comme à ma sortie de l'hôpital, ai-je bougonné, décidé à lui montrer que je n'approuvais pas ses méthodes musclées.

– Bien vu ! a rétorqué Pauline en me jetant un bref coup d'œil. Tu me fais la gueule ?

– Je te signale que tu viens d'attaquer deux agents secrets !

– Des agents secrets ? Comme dans les films ? s'est-elle étonnée.

J'ai acquiescé.

– Du genre à agir d'abord et parlementer ensuite. La femme, qui s'appelle Maja, détenait une carte officielle. Tu connais l'Unité d'Intervention pour la Sécurité du Territoire ?

Une moue s'est affichée sur son visage. J'en ai déduit que non.

– Ils t'ont dit ce qu'ils voulaient ?

– Tu ne leur en as pas laissé le temps, ai-je lancé.

Les panneaux indiquaient Mâcon. Il restait environ quatre à cinq cents kilomètres à parcourir. On n'arriverait à Toulon qu'en début de soirée.

– Quand est-ce que tu as compris qu'il se passait quelque chose d'anormal dans le TGV ?

Pauline a pris le temps de doubler un camion avant de répondre. J'ai remarqué qu'elle prenait garde à ne jamais dépasser la vitesse réglementaire.

– Quand on a annoncé que le départ du train était retardé.

– Tu as un sixième sens ? Moi, je n'y ai vu que du feu.

– J'ai surveillé le quai. Il était désert jusqu'à ce qu'un couple sans bagages débarque.

L'homme a sorti une carte et le contrôleur les a laissés monter. Aussitôt après, le train s'est ébranlé.

– Ça t'a suffi pour imaginer le pire ?

– J'ai remonté les wagons jusqu'au tien. J'ai aperçu la femme, assise à côté de toi. Le type était un peu plus loin, à l'entrée du compartiment. Visiblement, c'était toi qu'ils recherchaient. J'ai attendu. Après que le type a tiré le système d'alarme, je vous ai laissés descendre du train, j'ai patienté jusqu'à ce que la voiture disparaisse et je suis descendue à mon tour.

– Stop. Je préfère ne pas savoir comment tu as piqué cette bagnole.

– C'est dommage, a plaisanté Pauline. J'avais une anecdote marrante à te raconter.

– Je n'en doute pas !

– Tu as eu de nouvelles visions de ton père ?

– Non. Aucune. Tu crois qu'on pourrait manger un morceau ? Je crève de faim !

– Il y a une aire dans un kilomètre, a approuvé Pauline.

Un peu plus tard, une fois installés devant un hamburger, elle m'a demandé :

– Tu as une idée sur la façon dont les scouts de cette unité machin chose t'ont repéré ?

– Ils ont utilisé un système de reconnaissance faciale couplé aux caméras de la gare.

Pauline a poussé un sifflement admiratif.

– Ce n'est pas le genre de matériel qu'on déniche chez l'épicier du coin.

– Si tu le dis...

– Ils t'ont interrogé ?

– La femme a voulu savoir pourquoi j'étais dans ce TGV. J'ai prétendu que j'étais monté dans le premier train en partance. Elle a passé un coup de fil pour prévenir quelqu'un qu'ils m'avaient récupéré. Elle a noté ça.

J'ai extirpé la feuille sur laquelle j'avais recopié les séries de chiffres. Pauline y a jeté un bref coup d'œil.

– Une sorte de code ? a-t-elle suggéré.

– On ne t'a pas appris à les décrypter dans ton institut ? ai-je plaisanté.

Elle a levé les yeux au ciel tout en mordant dans son hamburger. J'ai hésité avant de demander plus sérieusement :

– Pourquoi ton père t'a envoyée là-bas ?

Le visage de Pauline s'est assombri. J'ai cru qu'elle n'allait pas me répondre puis elle a dit, comme pour elle-même :

– Il craignait que ma mère ait une mauvaise influence sur moi. J'imagine qu'ils s'aimaient quand ils se sont rencontrés mais, à la fin, il n'avait plus que du mépris pour elle.

Sa voix s'est faite plus froide.

– Si j'étais naïve, je prétendrais qu'il souhaitait me protéger de ses activités criminelles, du monde qu'il s'ingéniait à rendre encore plus cruel... Mais la réalité, c'est qu'il voulait forger mon caractère pour que je devienne aussi dure et intransigeante que lui, un parfait petit soldat prêt à reprendre le flambeau.

Nous sommes restés un long moment silencieux. Ses révélations m'avaient noué la gorge.

– Comme les membres de cette unité savent que tu n'es plus tout seul, a-t-elle enfin repris, ils vont se douter que tu avais une raison précise d'aller à Toulon. Ils nous y attendront.

– Je crois qu'un nouveau look s'impose !

Passagers clandestins

Je me suis dévisagé dans le miroir. L'image qu'il me renvoyait m'était totalement étrangère. Nous avions quitté l'autoroute à Avignon, quarante-cinq minutes plus tôt, à la recherche d'une boutique spécialisée, indiquée par une appli du téléphone de Pauline.

Le festival du théâtre battait son plein et nous avions tourné presque un quart d'heure avant de trouver une place de parking. Des affiches par dizaines annonçaient les spectacles.

La boutique s'appelait *L'hair de rien*. Sur les conseils de Pauline, j'ai choisi une perruque avec des dreadlocks.

Pauline, quant à elle, a opté pour des cheveux frisés tirant sur le roux. Ils retombaient sur son visage, cachant son front.

Des lunettes de soleil italiennes, aux larges verres, dissimulaient ses yeux. J'aurais pu la croiser sans la reconnaître.

Deux rues plus loin, nous avons acheté de nouveaux vêtements dans une friperie. Nous avons regagné la voiture et dix minutes plus tard, nous étions sur l'autoroute.

Je me suis souvenu que Pauline avait « emprunté » un dossier.

– Ça t'ennuie si je jette un coup d'œil sur les documents que tu as récupérés ?

– Pas du tout, a-t-elle répondu, absorbée par la conduite.

J'ai attrapé son sac à dos, qu'elle avait jeté sur la banquette arrière. Outre le fameux Taser et son ordinateur, il y avait une bouteille d'eau, un boîtier noir dont j'ignorais l'usage et, bien sûr, les précieux carnets.

Sur la première page du dossier figurait un organigramme. À son sommet, une photo du père de Pauline.

Le cliché avait été volé à travers la vitrine d'un café, suffisamment près pour distinguer son regard, aussi expressif que celui d'un félin qui s'apprête à faire un bon festin, bien loin de l'homme apathique que j'avais rencontré le matin même.

L'organigramme se scindait en plusieurs branches, avec de rares clichés d'hommes ou de femmes et de nombreux cadres où les photos étaient remplacées par des points d'interrogation.

Mon cœur s'est emballé quand j'ai reconnu mon père sur l'un d'eux. Son nom et sa profession étaient précisés. Quelqu'un avait ajouté une date à la main. Celle où ma vie avait basculé. Savait-il qu'une bombe serait déposée ce jour-là ou la date avait-elle été ajoutée après l'explosion ?

– Tu reconnais le bras droit de ton père sur une des photos ? ai-je demandé.

Pauline a jeté un bref coup d'œil au document que je lui tendais.

– Non. Comme je te l'ai dit, il n'a pas d'existence officielle, a-t-elle répliqué d'un air méprisant.

Dommage.

J'aurais bien aimé mettre un visage sur le type qui cherchait à me tuer avec autant de constance.

– Qu'est-ce que le dossier contient à part ça ?

– Rien de plus que ce que tu m'as expliqué.

Déçu, j'ai replacé les documents dans son sac.

Nous avons passé le reste du trajet à discuter. Nous sommes arrivés à Toulon vers 20 heures. Des palmiers, en bordure de route, donnaient un petit air exotique à la ville.

– Quelle est la suite des réjouissances ? ai-je demandé.

– Nous allons abandonner la voiture ici, a répondu Pauline en garant la C3. Le port n'est plus très loin.

– Tu laisses les clés sur le contact ?

– Avec un peu de chance, on la volera et elle sera retrouvée loin d'ici.

Décidément, elle pensait à tout.

En très peu de temps, nous avons rejoint le port. Bien que l'arrivée du ferry ne soit prévue qu'à 21 heures, quatre files de voitures s'alignaient déjà et les véhicules continuaient d'affluer. Les passagers en sortaient pour tenter de trouver un peu de fraîcheur – ce qui était peine perdue, même en ce début de soirée. D'autres s'éloignaient en direction du MacDo que j'avais aperçu en arrivant.

– Quel est le programme ?

– On attend, a répondu Pauline avec désinvolture.

Elle a sorti des écouteurs qu'elle a branchés sur son portable et a monté le volume à fond. Je lui ai fait signe que j'allais nous chercher à manger. J'ai opté pour deux pans-bagnats copieusement arrosés d'huile d'olive, achetés dans la première boulangerie venue.

Après ce pique-nique improvisé, il était 20h40 et la plupart des passagers étaient revenus. Soudain, Pauline s'est redressée.

– Voilà exactement ce qu'il nous faut ! s'est-elle exclamée.

J'ai suivi son regard. Un 4x4 noir venait de passer devant nous, traînant un bateau pneumatique recouvert d'une bâche. En le voyant, j'ai compris comment nous allions monter incognito dans le rafiot. Une légère agitation s'est emparée de la foule. Le ferry jaune, aux couleurs d'une compagnie italienne, entrait dans le port.

– Time, a annoncé Pauline.

Nous nous sommes dirigés nonchalamment vers les véhicules immobilisés. Tous les passagers n'avaient d'yeux que pour l'arrimage du ferry.

En quelques secondes, nous nous sommes glissés sous la bâche.

La chaleur y était étouffante et l'odeur du plastique m'a pris à la gorge. Dans l'espace, restreint, je me suis retrouvé allongé contre Pauline. Nos corps se touchaient et mon visage frôlait le sien.

Cette promiscuité n'était pas désagréable.

– N'y pense même pas ! a-t-elle grogné.

J'ai levé les yeux au ciel pour montrer que je ne pensais à rien de particulier. Ce qui n'était pas tout à fait vrai.

La voiture et le bateau ont avancé de quelques mètres avant de s'arrêter à nouveau. Ce scénario s'est reproduit plusieurs fois. Les véhicules franchissaient le contrôle avant d'embarquer.

– Et s'ils fouillent notre cachette ? ai-je murmuré.

– Aucun risque, a assuré Pauline.

Nous avons roulé puis le bateau pneumatique s'est brusquement incliné avant de s'immobiliser pour de bon. Pauline a soulevé la bâche de quelques centimètres puis m'a fait signe que la voie était libre. Nous étions dans la soute. Nous nous sommes mêlés aux passagers qui s'élançaient à l'assaut des cabines.

Pauline m'a saisi la main et m'a entraîné vers un escalier qui menait au pont supérieur. Une chaîne et un panneau « stop » en interdisaient l'accès. D'une enjambée nous les avons franchis et, une volée de marches plus tard, nous nous sommes retrouvés à l'air libre.

Le ciel s'assombrissait et on apercevait les lumières de la ville. Les voix des passagers qui discutaient sur le pont inférieur, autour d'une piscine circulaire, montaient jusqu'à nous. Des haut-parleurs diffusaient une musique entraînante.

Quand le ferry a quitté le port, des relents de mazout déversés par la fumée de la cheminée se sont mêlés à l'air marin. Nous nous sommes installés sur un banc.

J'ai murmuré :

– En deux jours, ma vie a basculé. Des tueurs ont voulu me trucider, j'ignore pourquoi. Des agents secrets ont tenté de me sauver, je ne sais pas pourquoi non plus. J'ai cru mon père mort avant qu'il ne ressuscite et je voyage en passager clandestin.

– Tu réfléchis trop, a soupiré Pauline. Tu devrais essayer de dormir, a-t-elle ajouté en fermant les yeux.

J'ai suivi son conseil. Il ne m'a pas fallu longtemps pour m'assoupir. J'ai été réveillé par le ronronnement assourdi d'un gros bourdon. D'après ma montre, il était 4 heures du matin. Nous étions en pleine mer sous un ciel étoilé. Pauline était déjà aux aguets. Agenouillée près de la rambarde, elle observait un hélicoptère. Il ne portait aucun signe distinctif et faisait du surplace. Trois filins ont dégringolé de l'appareil et trois hommes, fantômes vêtus de noir, ont glissé jusqu'au pont inférieur.

ATTAQUE NOCTURNE

L'hélicoptère est reparti aussitôt vers le lointain. Si un passager insomniaque avait assisté à la scène, il devait se demander s'il n'avait pas fait un rêve éveillé.

– Ne bouge pas de là, a ordonné calmement Pauline tandis que je sentais mon cœur s'emballer.

– Amis ou ennemis ? ai-je questionné.

– Ennemis.

– Qu'est-ce qu'on fait ?

– Tu m'attends ici.

– Ils sont trois…

– Tant pis pour eux ! a-t-elle fanfaronné. Et puis ils vont se séparer pour fouiller le bateau. Garde mes affaires !

Silencieuse comme un félin – et certainement aussi dangereuse –, Pauline s'est fondue dans l'obscurité. Quel genre de tueurs se déplaçaient en hélicoptère de combat ? Soudain, j'ai été pris de vertige et une nouvelle vision m'a envahi.

Avec une netteté incroyable, j'ai visualisé l'intérieur d'une pièce carrée. Le visage tendu, des hommes en armes scrutaient l'extérieur par la fenêtre. Puis une vitre a éclaté et les types ont commencé à tirer. La vision s'est effacée comme elle était apparue, me laissant désorienté.

Je me suis efforcé de respirer avec calme. La scène à laquelle j'avais assisté se déroulait certainement à l'intérieur du phare. Les types qui détenaient mon père semblaient répondre à une attaque. Était-ce une bonne ou une mauvaise nouvelle pour lui ?

Un léger bruit m'a fait relever la tête. Un homme cagoulé se dressait à quelques mètres de moi. Il s'est approché avec l'assurance du prédateur devant sa proie. J'ai eu la sensation qu'un casque de glace engourdissait mon cerveau et m'empêchait de réfléchir.

J'ai mobilisé toute mon énergie pour me souvenir de mon entraînement de boxe, toutefois mes connaissances théoriques semblaient s'être évaporées aussi sûrement qu'une pluie d'orage après le retour du soleil. J'ai lancé mon poing gauche en avant, suivi d'un crochet du droit, mais mes gestes étaient trop lents. L'homme a esquivé sans difficulté.

Son coup de poing a été vif et précis. Ma tête a explosé. Je me suis retrouvé à quatre pattes, la vue brouillée par les larmes et le goût du sang dans la bouche. J'ai aperçu son pied qui filait vers mon ventre. Je me suis préparé à l'impact. Le pied n'a jamais atteint sa cible.

Mon agresseur a été projeté en arrière. Il a violemment heurté le pont mais d'une habile roulade il s'est relevé, prêt au combat. Pauline avait surgi et c'était elle, bien sûr, qui l'avait empêché de me massacrer.

L'homme a brandi un poignard.

– Si vous voulez conserver l'usage de votre bras, lâchez cette arme, a-t-elle craché.

Je me suis traîné contre une des cheminées en me demandant si j'avais bien entendu. L'homme a grogné puis bondi sur Pauline. Elle n'a pu esquiver complètement l'attaque. La lame a tracé une estafilade sur son bras et la plaie s'est mise à saigner. Elle a grimacé sous la douleur.

L'homme a tenté un nouvel assaut. Pauline a été plus vive et a enveloppé le bras qui tenait l'arme blanche. D'une prise implacable, elle l'a plié sous un angle improbable et un craquement sinistre a résonné dans la nuit.

L'agresseur a hurlé. Pauline a maintenu son avantage en frappant la trachée de son adversaire du tranchant de la main. Un dernier coup à la nuque l'a jeté à terre. Elle avait dû cartonner aux cours d'arts martiaux !

Blessée, elle trouvait encore le moyen de sourire crânement.

Je me suis précipité vers elle.

– Laisse-moi regarder.

Je l'ai entraînée jusqu'au banc. Pauline a sorti la bouteille d'eau de son sac. J'ai nettoyé sa plaie avec un mouchoir.

– Tu as trouvé les deux autres types ? ai-je demandé.

– J'ai surpris le premier qui traversait un des restaurants déserts. Il ne m'a pas entendue venir. C'était presque trop facile ! Je suis tombée nez à nez avec le second dans une des coursives. On a dû réveiller quelques passagers ! Il n'y avait personne dans celle où je l'ai abandonné.

– Tu les as… éliminés ?

– Je ne suis pas une tueuse ! a-t-elle réagi avec violence.

J'ai levé les mains en signe d'apaisement. Après ce qu'elle m'avait raconté, je comprenais qu'elle refuse d'être assimilée à son père.

– Je ne voulais pas te vexer. Comment nous ont-ils retrouvés ? Grâce à nos téléphones ?

– Impossible.

– C'est ce que tu prétendais avant l'attaque de ta planque.

Ma remarque a fait mouche.

– D'accord. On ne prend plus aucun risque, a-t-elle articulé en extirpant son portable de sa poche et en le jetant par-dessus bord.

J'ai sorti celui qu'elle m'avait laissé. En le flanquant à l'eau, j'ai eu un pincement au cœur à l'idée du prix que coûtaient ces petits bijoux de technologie.

Je lui ai confié :

– J'ai eu une nouvelle vision. Les ravisseurs de mon père étaient attaqués.

– Il est urgent qu'on découvre où il est détenu.

– Que fait-on ?

– On ne change rien. On repart comme on est venus. Ensuite, on avisera.

Elle m'a dévisagé.

– Tu vas avoir un beau coquard !

J'ai grimacé.

– Sans ton intervention, ç'aurait été pire !

Le jour était maintenant levé et les contours de la côte se dessinaient à l'horizon. Pauline a attaché les mains et les pieds de notre agresseur, toujours inconscient, avec des « serre flex » récupérés sur lui.

– On l'abandonne ici ? ai-je demandé.

– L'équipage le libérera bien assez tôt !

Nous nous sommes mêlés aux passagers qui circulaient dans les coursives. Il était 6 heures, le débarquement était prévu dans quarante-cinq minutes à peine.

Nous avons déjeuné copieusement. Pauline, à son habitude, avait tout payé en liquide à la femme en tenue jaune poussin qui patientait derrière sa caisse enregistreuse.

Puis une voix féminine, au fort accent italien, a retenti dans les haut-parleurs.

– Mesdames et messieurs, les passagers qui ont embarqué avec un véhicule sont priés de le rejoindre immédiatement. Merci.

Elle a répété son annonce dans différentes langues tandis que nous nous dirigions avec nonchalance vers le parking. La chaleur, dans la soute, était étouffante.

Nous avons retrouvé sans trop de mal le 4x4 et son bateau pneumatique. Comme à l'aller, je me suis glissé sous la bâche. Le thermomètre devait afficher plus de 40 °C. J'ai failli me trouver mal. Pauline ne me rejoignait pas. J'ai soulevé légèrement la bâche. J'ai pesté. Des passagers avaient rejoint leur voiture juste à côté. Pauline s'était mise un peu à l'écart, attendant le moment propice pour se faufiler.

J'ai hésité. Devais-je sortir de ma tanière ou attendre qu'elle me rejoigne ? Brusquement le bateau s'est ébranlé et j'ai compris que le débarquement avait débuté.

J'ai tenté de me rassurer. Pauline était pleine de ressources. Elle trouverait un moyen de quitter incognito le navire.

Au moment où le bateau descendait la rampe du ferry, j'ai réalisé qu'elle n'avait plus aucun moyen de me localiser puisque nous avions jeté nos téléphones à la mer.

Au premier feu rouge, je sortirais de ma cachette.

Enlevé !

Comble de malchance, tous les feux devaient être au vert parce que le 4x4 a pris de la vitesse. Soudain, il a freiné brutalement, les pneus ont crissé et le bateau a zigzagué. Quelqu'un a arraché la bâche et, avant que je puisse faire le moindre mouvement, Mister Stéroïde m'avait collé le canon de son flingue sous le nez.

J'ai cru ma dernière heure arrivée.

– Sors de là, a-t-il ordonné.

Une Opel avait bloqué le 4x4 et son conducteur levait les bras, sous la menace de l'arme du Balafré. Moi qui pensais avoir semé ces deux-là ! Je suis monté à l'arrière de la voiture de mes ravisseurs et nous avons aussitôt démarré.

Les vitres étaient baissées. Mister Stéroïde, au volant, pestait contre les voitures de location sans climatisation. Malgré la chaleur, ils étaient vêtus d'un costume-cravate. Sans leurs flingues, on aurait pu croire qu'il s'agissait d'hommes d'affaires.

– Ne tente rien, a menacé le Balafré. Ta porte est bloquée et si tu t'avises d'appeler à l'aide, je massacre ta belle gueule. C'est clair ?

Ça l'était. Je réfléchissais à toute allure. Pourquoi est-ce qu'ils ne m'avaient pas tout simplement flingué ? Pourquoi m'enlever ? Quelque chose avait changé ?

J'ai repensé à ma dernière vision. Y avait-il un lien ?

La circulation était fluide et nous allions bientôt sortir d'Ajaccio. Je me suis demandé ce que ferait Pauline à ma place. Comme je n'étais pas de force à désarmer deux types, j'ai essayé de gagner du temps.

– Comment saviez-vous que j'étais caché sous la bâche ?

– Caméra à rayons X de dernière génération, a rigolé le Balafré. Comme nous étions sans nouvelles de l'équipe envoyée cette nuit, nous avons supposé que vous tenteriez une sortie discrète. Si j'étais toi, je n'espérerais pas un coup de main de ta copine. L'autre équipe l'a certainement déjà serrée !

J'étais effondré. Pauline, mon unique joker.

– Vous aviez mis des mouchards dans nos téléphones ? C'est grâce à eux que vous nous avez repérés sur le ferry ?

Mister Stéroïde a émis un gloussement.

– Nous ne sommes plus au temps de la préhistoire, s'est-il moqué sans toutefois me donner une explication.

– C'est vous qui avez tué mon père ?

Le Balafré a scruté mon visage, la tête légèrement penchée.

– Tu as entendu parler de l'Unité, non ? Ses agents l'ont soustrait juste avant que la bombe n'explose. Sinon, il aurait été pulvérisé en même temps que son atelier. Et tu ne serais pas ici si tu le croyais mort.

Sa réponse m'a cloué sur place. Ainsi, mon père se trouvait aux mains de l'Unité ? Pourquoi Maja ne m'avait-elle rien dit ? Comment mes ravisseurs étaient-ils au courant ? Est-ce que j'étais devenu une monnaie d'échange ? Un moyen de pression ? Je me suis souvenu de la date inscrite sous la photo de mon père. Et si elle n'indiquait pas le jour de l'explosion mais celui de l'opération menée par cette unité pour le sauver ?

L'Opel s'est sagement arrêtée à un feu rouge. De l'autre côté du carrefour, deux motards de la gendarmerie surveillaient le trafic. Les appeler aurait été suicidaire. J'ai choisi un autre moyen. Mon coude droit reposait sur le rebord de la vitre ouverte, le bras levé, si bien que ma main n'était pas visible pour mes ravisseurs.

J'ai replié tous mes doigts à l'exception de mon majeur et j'ai arboré un sourire arrogant pour que l'insulte soit sans équivoque. La voiture a redémarré au moment où l'un des gendarmes tournait la tête dans notre direction.

Il a tapé sur le bras de son collègue et désigné notre voiture. Ils ont enfourché leur moto et déclenché leur sirène. La poursuite était engagée. J'ai rentré mon bras à l'intérieur de l'habitacle.

– Les flics ! a rugi Mister Stéroïde en jetant un coup d'œil dans son rétroviseur.

– C'est toi ? m'a demandé le Balafré en enfonçant violemment le canon de son flingue dans mes côtes.

J'ai protesté avec vigueur.

– Bien sûr que non !

– Je te conseille de ne pas jouer au malin ! a-t-il poursuivi en rangeant son flingue.

Puis il s'est adressé à son acolyte :

– Gare-toi sur le côté.

Les deux motards se sont immobilisés juste derrière nous. Le premier a déposé son casque sur le siège de sa moto tandis que son collègue tournait autour de la voiture avec suspicion.

– Veuillez arrêter le moteur, a-t-il intimé. Papiers du véhicule s'il vous plaît.

– Qu'est-ce qui se passe, monsieur l'agent ? a questionné Mister Stéroïde en prenant un air jovial qui lui allait autant qu'un sourire à un crocodile.

Je sentais mon cœur cogner dans ma poitrine. Comment transformer mon avantage en essai ?

– C'est votre fils ? a demandé le motard sans répondre à la question.

Je n'arrivais plus à déglutir. Comment mes agresseurs réagiraient-ils quand le gendarme expliquerait que je leur avais fait un doigt d'honneur ?

– Non, c'est un auto-stoppeur, a-t-il rétorqué.

Le Balafré s'est raidi. J'ai senti la tension monter d'un cran. Le gendarme s'est penché vers moi. Pris d'une violente crampe au niveau de l'estomac, j'ai grimacé.

– Vous êtes blessé, jeune homme ? a-t-il questionné en faisant allusion à mon œil gonflé.

J'allais répondre quand le gendarme a dégainé et hurlé à son collègue :

– Attention, ils sont armés !

FLASHCODE

Le second gendarme a réagi vivement et brandi la sienne.

– Nous possédons des ports d'armes, a articulé Mister Stéroïde.

– Avec un silencieux ? Sortez du véhicule ! Tous les trois !

À contrecœur, mes ravisseurs ont obtempéré et placé leurs mains sur la carrosserie. Le motard s'est adressé à moi.

– Vous aussi, jeune homme.

– Je ne peux pas. Ma portière est verrouillée.

Avant de m'ouvrir, un des gendarmes a désarmé le conducteur puis l'a menotté. Après une fouille sommaire, il m'a menotté à mon tour. Est-ce que je devais profiter de l'arrestation des deux hommes pour expliquer qu'ils m'avaient kidnappé ?

Je me suis souvenu des paroles de Pauline : « Il va t'interroger pendant des heures alors que ton père est peut-être en danger de mort. » Du coup, j'ai décidé de faire profil bas.

Les motards ont appelé une voiture de patrouille qui nous a conduits jusqu'à la gendarmerie, située sur les hauteurs d'Ajaccio. Les deux malfrats ont été pris en charge par des gendarmes tandis qu'un brigadier m'interrogeait. Je me suis affalé sur une chaise inconfortable.

– Nom et prénom.

Juste au-dessus de lui, des photos de personnes recherchées étaient affichées. J'y figurais en bonne place, mais affublé comme je l'étais, j'étais méconnaissable.

J'ai inventé :

– Clément Bonnefoy.

– Où allais-tu ?

J'ai menti.

– Bastia.

L'opposé de ma véritable destination.

– Tu t'es battu ? a-t-il demandé en désignant mon coquard.

– Nan. J'suis tombé.

– C'est évident, a soupiré le brigadier. Tu as des papiers d'identité ?

J'ai continué à jouer mon rôle d'ado borné.

– Ben nan.

Le gendarme m'a jeté un coup d'œil agacé.

– Je t'explique comment ça fonctionne : tu as fait un doigt d'honneur aux motards qui patrouillaient. Comparé aux deux hommes qui portaient des armes avec silencieux, c'est peanuts. Tu as même beaucoup de chance qu'il ne te soit rien arrivé avec ces lascars. Quel âge as-tu ?

– Dix-huit ans.

Le brigadier m'a dévisagé, essayant d'estimer l'ampleur de mon mensonge. J'espérais que les locks me vieillissaient suffisamment. Je n'avais aucune envie de me retrouver pris en charge par la brigade des mineurs.

L'homme a dit :

– Mmm. Tu me donnes un moyen de contrôler ton identité, le numéro de téléphone de tes parents et après un rappel à la loi, je te laisse partir.

– Mes parents se trouvent à l'étranger. Je ne peux pas les joindre.

– OK, a soupiré le brigadier. Tu vas réfléchir dans une de nos cellules. La mémoire te reviendra peut-être.

J'enrageais. J'allais perdre un temps précieux !

Un gendarme est entré, deux photos à la main. Son regard m'a à peine survolé.

– Brigadier, les deux types qui ont été interpellés portent un tatouage assez bizarre.

Le gendarme a posé les clichés sur le bureau.

– On dirait une marque de reconnaissance, comme dans certains gangs, a approuvé le brigadier. C'est un travail extrêmement minutieux.

– Comme ces tatouages ressemblent à des Flashcodes, j'ai pensé qu'ils contenaient peut-être des informations et je les ai scannés avec un programme approprié.

– On a ça à la gendarmerie ? s'est étonné le brigadier.

Le gendarme a paru embarrassé.

– En fait, c'est une appli que j'ai téléchargée sur mon téléphone.

– Ce n'est pas une procédure très réglementaire, a souligné son chef.

– Je sais, s'est excusé son interlocuteur. De toute façon, ça n'a rien donné. Le message « Bad gateway » s'est affiché. Ce sont de simples tatouages. Je vais vérifier dans le fichier des signes distinctifs s'ils ont été répertoriés.

– Bonne idée.

Le brigadier s'est souvenu de ma présence.

– La mémoire t'est revenue ? a-t-il grogné.

Face à mon silence, il a appelé un de ses collègues qui m'a conduit dans une cellule grillagée.

Il régnait une odeur aigre, déplaisante, qui semblait vouloir imprégner les vêtements. Un mélange d'urine et de vomi.

Les deux premières cellules étaient occupées par mes ravisseurs et la troisième par un gars qui dormait à même le sol.

Les deux types ont attendu que le gendarme sorte pour m'interpeller.

– Qu'est-ce que tu leur as raconté ?

– Rien. C'est pour ça que je suis ici, d'ailleurs ! Pour eux, je ne suis qu'un auto-stoppeur sans papiers.

– Ne change rien alors ! a ordonné le Balafré.

Tout à coup, il s'est plié en deux comme si un poing invisible l'avait frappé et a poussé un cri de douleur.

– Ça va pas ? s'est inquiété son complice.

Le Balafré s'est accroché violemment aux barreaux et ses yeux se sont révulsés. Mister Stéroïde a poussé un cri à son tour et s'est effondré sur le sol. Sans les quitter du regard, j'ai hurlé, paniqué :

– À l'aide ! Au secours !

Le Balafré a lâché les barreaux et il s'est écroulé, pris de convulsions. Mes cris ont fini par alerter un gendarme, mais, quand il est entré dans la pièce, mes ravisseurs gisaient sur le ciment de leur cellule, immobiles.

J'étais tétanisé. Ces deux types étaient morts sous mes yeux. C'est alors que j'ai remarqué quelque chose d'étrange. L'encre de leur tatouage s'était étalée et formait une tache.

Retrouvailles

En quelques minutes, ça a été le branle-bas de combat. Des gendarmes se sont précipités. Un médecin est arrivé qui a constaté les décès. Dans la cellule voisine, le gars avait fini par se réveiller et fixait, stupéfait, les corps étendus sur le sol. À plusieurs reprises, des fonctionnaires m'ont interrogé. Je me suis borné à raconter ce que j'avais vu. À eux de s'intéresser aux tatouages.

Le brigadier m'a fait signer une déposition puis il a conclu :

– J'ai d'autres chats à fouetter que de m'occuper d'un ado en crise. Ça ira pour cette fois. Fais en sorte que je ne te revoie pas !

Il m'a glissé un billet de vingt euros dans la main.

– Achète-toi de quoi manger et prends le car pour Bastia. C'est plus sûr que le stop.

Et il m'a poussé vers la sortie. Quand j'ai vu Maja s'avancer vers moi d'un pas décidé, mon sang s'est figé dans mes veines. Elle m'a frôlé sans me jeter un regard. Je me suis alors souvenu que je portais une perruque et que le garçon aux cheveux caramel n'existait plus.

Dans une voiture en stationnement, j'ai reconnu ses deux collègues. La fine équipe était au complet. L'espace d'une seconde, j'ai envisagé d'aller les trouver. D'après mes ravisseurs, leur unité retenait mon père. Mais m'avaient-ils dit la vérité ? Dans le doute, j'ai préféré filer.

Il était presque 14 heures, il faisait 35 °C et je n'avais rien dans l'estomac. Je me suis arrêté au premier snack que j'ai croisé. J'ai acheté un sandwich jambon-fromage, une canette, et je me suis attablé à l'une des trois tables mises à la disposition des clients.

Tout en dévorant mon sandwich, je me suis demandé ce que je devais faire. Coincé entre l'Unité et les tueurs de NanoTronik, je disposais d'une marge de manœuvre étroite. Maja était loin d'être stupide. Quand elle apprendrait que les deux hommes morts avaient été arrêtés en compagnie d'un jeune auto-stoppeur, elle ferait le lien avec moi. J'avais donc tout intérêt à changer d'apparence.

J'ai décidé de ne pas m'inquiéter pour Pauline. Elle savait se défendre et connaissait ma destination. Le mieux était de poursuivre ma route. La priorité, c'était mon père.

J'ai repensé aux tatouages dont l'encre s'était brusquement répandue comme un poison. Mon père était-il responsable ? Est-ce qu'il tatouait ces hommes avec une encre qui pouvait devenir mortelle ?

J'ai laissé mon regard errer sur les passants qui déambulaient, des touristes pour la plupart. J'aurais aimé partager leur nonchalance. J'ai fini mon sandwich, bu d'une traite ma boisson. J'ai jeté mes dreadlocks dans un container et, pour quelques euros, j'ai acheté des vêtements et une casquette dans une friperie. J'étais devenu un pro du relooking !

J'ai suivi les conseils du brigadier et attrapé un car, mais pour Bonifacio. Bercé par le ronronnement du moteur, je me suis endormi.

Trois heures plus tard, la cité s'élevait sous mes yeux. Des yachts luxueux avaient jeté l'ancre dans le port. À côté, des navettes transportaient les touristes pour une croisière le long des côtes, dans une atmosphère joyeuse.

J'ai parcouru le port puis gravi les nombreuses marches qui menaient à la cité médiévale. J'ai été récompensé de mes efforts par une vue plongeante sur l'énorme rocher de calcaire. Le Grain de sable.

De l'herbe se dressait à son sommet, courte comme une coupe militaire. D'agréables souvenirs m'ont submergé. Je m'étais fait des amis, il y avait deux ans de ça, et nous passions nos après-midi à grimper la paroi jusqu'à mi-parcours puis nous plongions en exécutant toutes sortes de figures plus ou moins acrobatiques. Parfois, une navette de touristes nous encourageait et nous sautions sous ses applaudissements.

J'ai poursuivi mon ascension et franchi l'imposante porte de Gênes. J'ai déambulé sur les remparts en me demandant comment j'allais retrouver mon père. Je me suis appuyé contre une corniche. Une mouette planait dans le ciel au-dessus d'une mer d'un bleu limpide.

Soudain, une main s'est posée sur mon épaule. J'ai fait volte-face. Pauline se tenait devant moi, souriante.

J'étais tellement heureux de la revoir que je l'ai serrée dans mes bras et j'ai déposé une bise sur sa joue. Elle a affiché un air étonné et je me suis surpris à rougir.

– Toi aussi tu m'as manqué, a-t-elle commenté, amusée.

De rouge, j'ai dû virer au cramoisi.

– Comment tu as retrouvé ma trace ?

– On s'installe à la terrasse d'un café, d'accord ? a-t-elle proposé.

Peu après, je lui ai raconté mon enlèvement et comment je m'étais débarrassé de mes agresseurs grâce à l'intervention des motards.

– Bravo ! s'est exclamée Pauline, admirative.

– Tu ne sais pas tout. Alors que nous étions enfermés dans des cellules, à la gendarmerie, mes ravisseurs se sont tout à coup tordus de douleur. Ils sont morts en quelques minutes et l'encre de leur tatouage avait quasiment disparu.

– Elle les aurait empoisonnés ? a demandé Pauline, interloquée.

J'ai haussé les épaules.

– Pourquoi pas ? Si un homme de main de NanoTronik est arrêté, ses employeurs ont tout intérêt à l'empêcher de les dénoncer. Je ne sais pas comment ça fonctionne, mais un gendarme a scanné le tatouage de mes ravisseurs et un peu plus tard, ils étaient morts.

J'ai frissonné à ce souvenir.

– Je n'ai jamais rien vu d'aussi... effrayant ! Après ça, les gendarmes se sont débarrassés de moi et, en sortant de la gendarmerie, j'ai croisé Maja et ses amis. J'ai eu de la chance qu'ils ne me reconnaissent pas.

– Ils sont donc toujours sur nos traces.

– D'après mes ravisseurs, ce serait leur Unité qui retiendrait mon père.

– Intéressant, a murmuré Pauline.

Nous sommes restés un certain temps silencieux. Tout autour de nous, les vacanciers déambulaient, appareil photo à la main.

– Je dois t'avouer quelque chose, a soupiré Pauline, l'air gênée.

Ce n'était pas son genre d'être embarrassée. Je l'ai dévisagée avec un soupçon d'inquiétude. Qu'allait-elle m'annoncer ?

– Quand nous étions dans ma planque, j'ai placé un traceur GPS dans ta montre, a-t-elle expliqué. Je n'étais pas sûre que tu gardes mon téléphone…

Mon regard s'est baissé presque involontairement vers mon poignet.

– Tu voulais espionner mes déplacements ?

– Te protéger ! s'est-elle défendue vivement.

– C'est vrai que j'aurais préféré savoir que tu avais placé un mouchard… Mais je dois avouer que je suis plutôt content que tu aies retrouvé ma trace.

– Tu ne m'en veux pas alors ?

– Affaire classée ! ai-je déclaré.

Elle a paru soulagée.

Puis elle m'a raconté ce qu'elle avait fait depuis notre séparation.

41°36'N 9°18'E

– Quand je me suis rendu compte que je ne pourrais pas te rejoindre, je me suis mêlée à un camp d'ados qui descendait du ferry à pied. Plusieurs types en costard surveillaient les voitures. Il y en a un qui avait un appareil…

– Une caméra à rayons X, ai-je coupé. C'est comme ça qu'ils ont su où j'étais planqué.

– Deux d'entre eux se sont précipités vers leur voiture quand le 4x4 est passé devant eux, a confirmé Pauline. Je pensais m'être faufilée entre les mailles du filet quand je me suis aperçue que deux gars m'avaient prise en filature.

– Laisse-moi deviner : tu les as attirés dans une ruelle et tu leur as montré tes talents de ninja ?

– Presque. Ce n'était pas une ruelle mais un parking souterrain. Ma blessure s'est rouverte et j'ai dû passer dans une pharmacie pour me procurer des gazes et des pansements. Après j'ai acheté un nouveau téléphone, loué une moto, et je suis partie à ta recherche.

– Grâce au mouchard placé dans ma montre.

Pauline a acquiescé. Elle a sorti le boîtier noir que j'avais vu dans son sac.

– Ce récepteur n'est pas très puissant. J'ai sillonné la ville un moment et comme je ne recevais aucun signal, j'ai roulé vers Bonifacio en espérant que tu sois déjà en route.

J'ai approuvé :

– C'était le cas.

Pauline a ajouté en souriant :

– Imagine ma surprise quand mon récepteur s'est mis à biper de plus en plus fort pendant que je doublais un car.

J'ai froncé les sourcils.

– Si tu es arrivée avant moi, pourquoi ne m'attendais-tu pas à l'arrêt ?

– J'ai préféré m'assurer que tu n'étais pas suivi.

Au loin, des jeunes plongeaient du rocher. Je me suis levé d'un bond.

– Assez perdu de temps. Il faut identifier le phare.

– De quelle façon ? a questionné Pauline.

– Une recherche internet par exemple, ai-je proposé. En tapant quelques mots-clés, nous dénicherons certainement des photos qui nous permettront de le localiser.

– Excellente idée, mais la batterie de mon ordinateur est complètement déchargée, s'est-elle désolée.

– Tant pis. Passons par l'office du tourisme. C'est l'endroit idéal pour ce type de renseignement.

Pendant que l'hôtesse discutait avec un couple allemand, Pauline et moi avons exploré la documentation. Je n'ai pas tardé à mettre la main sur ce que je cherchais.

J'ai attrapé un prospectus qui décrivait une randonnée menant à la « magnifique plage de Saint-Antoine, semblable à une baie de pirates bordée par des eaux turquoise ». La photo qui accompagnait le dépliant offrait une vue panoramique sur la baie. On y voyait un phare planté sur la falaise de calcaire.

– C'est celui-là, ai-je affirmé à Pauline.

Il y avait encore plus intéressant. En bas du dépliant figuraient les coordonnées GPS pour se rendre à Pertusatu, ce « lieu paradisiaque ». Latitude : 41.36668; Longitude : 9.183691. J'ai sorti les séries de chiffres que j'avais recopiées. C'étaient les mêmes. Yes!

– L'équipe de Maja allait te conduire jusqu'à ton père, a conclu Pauline.

Je me suis avancé jusqu'au comptoir où l'hôtesse était disponible.

– Ce phare se visite-t-il ? ai-je questionné en présentant le dépliant.

– Malheureusement pas, a-t-elle répondu. Il est loué à un particulier. Par contre, il y a une très belle plage en contrebas.

– C'est loin d'ici ?

– Non. En voiture, vous en avez pour une vingtaine de minutes.

Je l'ai remerciée puis nous sommes ressortis.

– Tu as toujours la moto ? ai-je demandé.

– Bien sûr.

– Alors allons-y.

Pauline a eu une mimique embarrassée.

– Qu'est-ce qu'il y a ?

– Ne le prends pas mal, mais... quel est ton plan ?

– Puisqu'on a la confirmation que c'est cette unité qui détient mon père et que ses agents voulaient me conduire jusqu'à ce phare, je n'ai qu'à me présenter à eux. Fin de l'histoire.

– Tu oublies ta dernière vision, a argué Pauline. Le phare a probablement été attaqué par les hommes de NanoTronik. Si nous y allons en plein jour, nous serons repérés rapidement. La seule façon de prendre l'avantage, c'est d'agir de nuit.

Expédition risquée

Il était un peu plus de minuit. Après avoir grignoté un morceau, nous avions loué une chambre avec des lits jumeaux, dans un hôtel de Bonifacio. Je n'avais pas été étonné que Pauline installe une mini caméra donnant sur le palier, reliée en Bluetooth à son ordinateur qu'elle avait pris la peine de recharger. J'étais resté sous la douche une demi-heure et nous avions somnolé une heure ou deux.

Le phare n'étant accessible qu'à pied, nous avons garé la moto trois kilomètres plus haut. Nous marchions dans l'obscurité et le silence, sur une route à l'abandon qui longeait la falaise. Au loin, on apercevait Bonifacio et, à l'opposé, un rai de lumière qui survolait la mer, la lumière du phare qui demeurait caché par le relief.

Tout autour de nous, le maquis exhalait des effluves aromatiques puissants. Pour un habitué de la ville comme moi, ces odeurs étaient surprenantes.

Il n'y avait pas de lune mais un ciel étoilé veillait sur nous.

Soudain, mon cœur a bondi. Le phare venait d'apparaître. Sa lanterne projetait une lumière puissante sur la mer.

– Nous arrivons, m'a assuré Pauline.

Je me suis approché d'elle.

Alors que je me sentais aussi électrique qu'une pile, elle paraissait sereine, comme à l'accoutumée.

Elle s'est agenouillée derrière des buissons et je l'ai imitée. Elle a sorti des jumelles qu'elle avait pris la précaution d'acheter en fin d'après-midi.

Elle a scruté longuement le phare et les environs. Il se composait d'un bâtiment carré d'une vingtaine de mètres de haut, surmonté d'une coupole avec un chemin de ronde conduisant à la lanterne. Il était encadré d'une cour fermée par un muret.

– Je ne distingue aucun mouvement, a enfin articulé Pauline.

Elle m'a tendu les jumelles. Tout avait l'air calme. Un détail, cependant, a retenu mon attention. Des barbelés avaient été installés au sommet du muret. J'étais certain de ne pas les avoir vus sur les photos de la brochure. On avait pris la peine de sécuriser le phare récemment.

– On y va, m'a averti Pauline.

Nous avons quitté la route pour rejoindre les fourrés épineux du maquis. Notre progression était laborieuse mais selon elle, la seule façon de créer l'effet de surprise, c'était de s'approcher par l'arrière du bâtiment.

Un détail clochait. Les barbelés avaient été recouverts de couvertures pour qu'on puisse les franchir sans se blesser.

– Quelqu'un est passé avant nous, a articulé tout bas Pauline.

D'un bond souple, elle a franchi l'obstacle et s'est retrouvée à l'intérieur de l'enceinte. Je l'ai imitée avec l'agilité d'un hippopotame. Pauline s'est approchée d'une masse sombre allongée par terre.

Un doberman, mort. Un second gisait un peu plus loin.

– Les corps sont froids, a-t-elle chuchoté.

J'ai senti mon estomac se tordre. La porte blindée du phare avait été disloquée à l'explosif et les caméras de surveillance étaient hors service.

Pauline est entrée la première dans le bâtiment. Je l'ai suivie avec appréhension.

La pièce était déserte mais un violent combat s'était déroulé là, comme en témoignaient les impacts de balles et les taches de sang séché sur le sol. Pauline a grimpé l'escalier qui menait à l'étage tandis que je me dirigeais presque malgré moi vers la seule table qui n'avait pas été renversée.

Un paquet rectangulaire y était placé. Quelqu'un y avait écrit « ANTOINE » en lettres capitales. À l'intérieur reposait un doigt à la chevalière reconnaissable entre mille : celle de mon père.

Un message

D'horreur, mon estomac s'est soulevé et je me suis mis à vomir. Pauline, qui était redescendue de son exploration du phare, m'a arraché le paquet des mains.

Au dos, quelqu'un avait noté un numéro de portable.

– Les hommes de main de NanoTronik l'ont mutilé, ai-je balbutié.

– Mais il est encore en vie, a tenté de me rassurer Pauline en enregistrant le numéro dans ses contacts. Sinon ils ne se seraient pas donné la peine de te laisser ce message macabre.

– Où sont passés les membres de l'Unité chargés de veiller sur mon père ? Ils sont morts ?

Pauline a ramassé un tube métallique hexagonal, troué sur chaque face.

– C'est une grenade incapacitante. Quand elle touche le sol, elle explose et produit une lumière aveuglante qui désoriente les personnes à sa portée. Celles-ci deviennent facilement maîtrisables. Les assaillants voulaient faire des prisonniers. Ils les ont probablement emmenés pour qu'ils ne donnent pas l'alerte.

Nous sommes retournés à l'hôtel dans un silence total. Je ne parvenais pas à oublier le contenu de la boîte.

– Qu'est-ce qu'on fait maintenant ?

– Ce qu'ils veulent de nous, a affirmé Pauline en attrapant son téléphone.

J'ai relevé la tête.

– Tu les appelles ? Une fois que nous serons entre leurs mains et qu'ils disposeront des carnets, nous n'aurons plus aucune valeur.

Pauline a hoché la tête en signe d'assentiment. Mais cette pensée n'a pas eu l'air de la troubler. Elle est tombée sur une boîte vocale impersonnelle. Elle a laissé un message sans équivoque :

– Nous attendons vos instructions.

Je croyais que je ne pourrais pas dormir. Je me trompais. Quand je me suis réveillé, il était 10 heures et Pauline était partie. Elle avait laissé un mot me prévenant qu'elle allait faire un jogging.

Je sortais de la douche quand une nouvelle vision m'a submergé. Mon cœur s'est serré. Je voyais mon père. J'ai compris qu'il s'agissait de son reflet dans la glace d'une armoire. L'œil tatoué sur son cœur semblait me dévisager. Il était torse nu, assis sur un lit, et paraissait avoir du mal à conserver son équilibre. Il était peut-être sous l'influence d'une drogue et il reprenait conscience. Un pansement enveloppait sa main gauche.

Il a tourné la tête et j'ai aperçu un hublot. Puis son regard a balayé la cabine où il était détenu. Un nom était brodé sur le drap : *Alexandrie*. Quand le contact s'est rompu, j'étais en sueur.

Pauline est apparue sur l'écran de son ordinateur. Elle a tiré la langue à la caméra puis aussitôt sa clé a tourné dans la serrure et elle est entrée.

– Qu'est-ce qui se passe ? m'a-t-elle demandé en découvrant mon visage blême.

– J'ai eu une vision. Mon père est retenu sur un bateau et je sais lequel.

Je lui ai décrit ce que j'avais vu.

– Enfin une bonne nouvelle ! s'est-elle exclamée.

Son téléphone a vibré quelques secondes plus tard.

– On a une réponse !

Je me suis approché pour lire par-dessus son épaule. « Soyez sur le port à 23 heures. Avec les carnets. »

– Pour une fois, on a une longueur d'avance, me suis-je enthousiasmé. Et sache que j'ai peut-être une arme secrète !

– À part moi tu veux dire ? a plaisanté Pauline.

– Je sors. Tu m'accompagnes ?

– Laisse-moi le temps de prendre une douche, OK ?

En moins de vingt minutes, elle était prête. Elle a emporté son précieux sac à dos. Dehors, l'enseigne lumineuse d'une pharmacie affichait 30 °C. Il faisait presque frais !

– Où allons-nous ? a demandé Pauline.

Je l'ai entraînée dans un dédale de ruelles.

– Il y a deux ans, je suis venu avec mon père à Bonifacio parce qu'un de ses amis l'avait invité. C'est le patron d'un bar.

– Tu as besoin d'un remontant ?

– Très drôle !

Nous étions arrivés au cœur de la vieille ville, dans une ruelle peu fréquentée. À travers la devanture, on apercevait cinq ou six consommateurs mais aucun panneau n'indiquait le nom du bar. Il n'y avait pas de tables en terrasse et la porte de l'établissement était fermée.

– C'est un club privé ? a interrogé Pauline.

Je lui ai adressé un sourire énigmatique puis j'ai poussé la porte. J'espérais ne pas me tromper.

Des renforts

Les consommateurs, des hommes d'une quarantaine d'années, étaient attablés et jouaient aux cartes. Rebelles à la législation, ils tiraient sur des cigarillos dont la fumée stagnait dans la salle. Les conversations se sont interrompues dès notre entrée.

Luc, le patron, essuyait des verres derrière son comptoir. La manche de son tee-shirt laissait apparaître la longue queue d'un animal qui serpentait sur son bras et je savais qu'une chimère à trois têtes se prolongeait dans son dos. C'était l'ultime tatouage d'une longue série commencée dix ans plus tôt.

Chaque année, Luc « montait » à Paris et mon père, dans son atelier, lui tatouait un bras, une jambe, une épaule.

Une solide amitié était née entre les deux hommes et, au quatrième tatouage, mon père lui avait proposé de l'héberger pendant ses séjours.

Ses cheveux, coupés court, rappelaient qu'avant d'acheter ce bar, il avait fait partie des commandos d'élite de l'armée. Il arborait une expression sévère voire inquiétante, d'autant que tout sourire semblait avoir déserté son visage depuis longtemps. Pourtant, quand il m'a reconnu, il s'est écrié :

– Antoine !

Tout en venant à ma rencontre, il a lâché quelques mots en corse aux hommes attablés. L'atmosphère s'est brusquement détendue et ils ont poursuivi leur partie sans plus s'occuper de nous. Luc m'a serré dans ses bras puis il a salué Pauline.

– Ton père n'est pas avec toi ? m'a-t-il demandé.

– Non. C'est pour ça que je suis là. J'ai besoin de ton aide.

Luc a toujours été avare de paroles inutiles.

– Suivez-moi.

Il nous a conduits à l'arrière de son bar, dans une petite salle sans fenêtre. Nous nous sommes assis autour d'une table en chêne. Je lui ai raconté l'explosion de l'atelier de mon père, le rôle de NanoTronik, celui de Maja et de son unité et le soutien que m'avait apporté

Pauline. J'ai été soulagé qu'il ne remette pas en cause mes visions. Mon père avait peut-être abordé ce sujet avec lui ?

– Récapitulons, a fait Luc. Ton père se trouve certainement prisonnier sur un yacht nommé *Alexandrie*, aux mains d'une organisation criminelle. Pauline et toi devez vous rendre sur le port à 23 heures, faute de quoi j'imagine que ton père sera supprimé.

Luc a marqué un temps d'arrêt pendant lequel il m'a scruté avec attention.

– Qu'est-ce que tu attends de moi ?

– De l'aide.

Pensif, Luc m'a dévisagé une longue minute puis il a passé un appel téléphonique en corse. Moins de dix minutes plus tard, deux hommes de son âge au corps musclé et au visage buriné pénétraient dans l'arrière-boutique. Bientôt un trio les a rejoints.

Il émanait de ces hommes une force tranquille. Ils nous ont dévisagés en silence et Luc s'est tourné vers nous.

– Où êtes-vous descendus ?

– Au *Bocca Di Feno*, a répondu Pauline.

– Vous y restez jusqu'à ce soir. Vous suivez les instructions que vous avez reçues. Nous, on s'occupe du reste.

– Intéressant ce Luc ! s'est exclamée Pauline une fois sortie. Ses compétences ne se limitent pas à essuyer des verres derrière son comptoir.

– C'est pour ça que j'ai pensé à lui pour nous donner un coup de main.

Avant de rentrer à l'hôtel, on a acheté des sandwichs et des boissons. Pauline s'est absentée une trentaine de minutes sans que je sache à quoi elle avait occupé ce temps. Les heures se sont égrenées lentement. L'attente n'avait pas l'air d'avoir de prise sur Pauline qui regardait une série sur son ordinateur. Moi je n'avais pas cette patience. Jamais l'expression « être enfermé entre quatre murs » ne m'avait paru aussi judicieuse. Je ne tenais plus en place à l'idée de revoir mon père mais tout pouvait à nouveau basculer.

22 heures. Le soleil déclinait et, à en croire la cime des arbres qui s'agitait, le vent s'était levé. Pauline avait adopté une posture de yoga, assise en tailleur, les paumes en l'air posées sur les genoux. Les yeux fermés, elle n'avait pas changé de position depuis plus d'une demi-heure.

22 h 30. Le ciel s'assombrissait et le vent soufflait maintenant sans relâche. Pauline est allée prendre une douche tandis que je suis resté derrière la fenêtre à observer le soleil décliner. À 45, nous étions prêts.

Il n'était pas encore 23 heures quand nous avons débarqué sur le port. Malgré les rafales de vent, l'air restait doux et il y avait de l'animation dans la plupart des restaurants ouverts. Des chants corses s'échappaient d'un bar. Des yachts luxueux avaient jeté l'ancre mais aucun d'entre eux n'était l'*Alexandrie*. Les embarcations se balançaient sur l'eau et les drisses cognaient le long des mâts à un rythme soutenu.

Luc et ses hommes demeuraient invisibles. C'était sans doute bon signe. Un bruit de moteur a retenti et un canot s'est amarré contre l'appontement. À son bord, deux hommes.

– Montez ! a ordonné l'un d'eux.

Nous avons obéi. L'homme a pris le sac de Pauline et l'a fouillé. Je me suis demandé si elle avait laissé son Taser. Apparemment pas puisqu'il le lui a rendu.

Les vagues secouaient l'embarcation sans ménagement. Le canot est sorti du chenal et s'est éloigné des côtes.

Nous nous sommes dirigés vers un yacht d'une vingtaine de mètres qui mouillait au large. Des lumières multicolores l'illuminaient et soulignaient ses courbes élancées. Un homme d'équipage a déployé une échelle à l'arrière et nous a ordonné de grimper. La mer agitée rendait l'opération difficile et nous avons dû nous y reprendre à plusieurs fois.

Notre comité d'accueil se composait d'hommes armés mais mon attention a été détournée par un engin incongru stationné sur le pont et maintenu par des câbles. Quatre hélices étaient reliées à un corps de bourdon high-tech.

– C'est bien un drone ! a lancé une voix féminine comme si elle lisait dans mes pensées. Il nous a permis de vous retrouver chaque fois que vous vous échappiez.

Pauline et moi avons fait volte-face. Maja nous dévisageait, un sourire sarcastique aux lèvres.

Révélations

Un instant, j'ai cru que les agents de l'Unité avaient mené une mission commando pour libérer mon père mais l'air narquois de la femme m'a détrompé.

– Dites-moi si j'ai raison : vous êtes un agent double, a lancé Pauline.

– Excellente déduction, a confirmé Maja que la situation semblait amuser. NanoTronik m'a approchée il y a bientôt deux ans. Elle me paie – très bien – pour que je lui transmette tout ce que l'Unité sait sur elle.

– C'est à vous que je dois l'expédition des deux gros bras à l'hôpital ? ai-je demandé, horrifié.

Maja a acquiescé.

– Malheureusement, tu as réussi à t'échapper. Plus tard, quand tu as réapparu sur les caméras de surveillance de la gare, je me suis portée volontaire pour faire partie de l'équipe qui allait t'intercepter.

– Où est mon père ? ai-je questionné.

– Il t'attend dans une cabine. Suis-moi.

Pauline s'apprêtait à nous emboîter le pas quand une voix cassante a retenti :

– Seulement le garçon.

Une silhouette s'est avancée dans la lumière. La cinquantaine, vêtu d'une élégante chemise blanche et d'un pantalon en toile, l'homme qui venait de parler affichait la décontraction de ceux qui savent qu'on leur obéit au doigt et à l'œil. J'étais prêt à parier qu'il s'agissait de Nils Sanders, l'homme qui nous pourchassait avec obstination depuis que mon père avait échappé à l'attentat.

Et si j'avais eu encore un doute, le regard de haine et de mépris lancé par Pauline l'aurait dissipé.

– Ma chère Pauline ! Nous avons tellement à nous dire, a-t-il ironisé en s'approchant d'elle. Enfin... surtout toi !

Quand Luc allait-il intervenir ? J'ai tenté de percer l'obscurité qui entourait le yacht. Sans succès. Et s'il ne venait pas ? Pauline avait des compétences hors norme, mais elles ne suffiraient pas.

L'homme s'est tourné vers moi et m'a détaillé de la tête aux pieds d'un air froid. J'ai eu l'impression de ne pas avoir plus de valeur qu'un mégot de cigarette.

– Nous aurons nous aussi une conversation, a-t-il articulé.

En silence, j'ai suivi Maja qui m'intimait de descendre un escalier étroit. Le roulis important m'a projeté contre les parois.

Maja a tourné une clé dans la serrure. J'ai reconnu la cabine de ma vision. Mon père était allongé sur une couchette. Il s'est redressé en entendant la porte s'ouvrir.

– Antoine !

La seconde d'après, il me serrait dans ses bras. Nous sommes restés ainsi un long moment.

– Quelles retrouvailles touchantes ! s'est moquée Maja avant de repartir en fermant la porte à clé.

– Comment as-tu su que j'étais en Corse ? a demandé mon père.

– Le troisième œil. J'ai vu le Grain de sable et le phare où tu étais enfermé. Puis cette cabine.

Mon père m'a fixé avec tendresse. Un léger sourire s'est dessiné sur son visage fatigué.

– J'espérais que ce serait le cas un jour.

– Est-ce que tu fais partie de cette organisation, papa ? ai-je demandé le cœur battant.

Une expression de tristesse a traversé son regard. Il m'a fait signe de m'asseoir.

– Il y a une dizaine d'années, un homme est venu me voir. Il m'a dit qu'il avait entendu parler de moi et que j'avais une réputation de tatoueur très talentueux. Il m'a présenté un modèle de tatouage complexe, composé de modules noirs disposés dans un carré.

– Un Flashcode, ai-je murmuré.

– Il voulait savoir si je serais capable de le reproduire sur un de ses amis, a poursuivi mon père. Il me proposait une somme d'argent conséquente, mais il y avait une condition : je devais utiliser l'encre qu'il me fournirait.

– Tu l'as fait ?

– Oui. Quinze jours plus tard, il est revenu. Il m'a expliqué qu'il était très satisfait de mon travail. Il a ajouté que j'aurais régulièrement ce type de tatouage à réaliser. Dans les mêmes conditions.

– Ça ne t'a pas paru bizarre ?

– Si, bien sûr. J'ai pensé que ces tatouages marquaient l'appartenance à un gang et je n'avais pas envie d'être mêlé à leur trafic. J'ai tatoué encore deux types et puis ta mère m'a convaincu d'arrêter.

– Que s'est-il passé ensuite ?

Mon père a grimacé.

– L'homme est venu me menacer, je lui ai répondu qu'il ne m'impressionnait pas. Les jours qui ont suivi, je suis resté sur mes gardes. Je m'attendais à ce qu'il m'envoie des gars.

Sous l'effet de la houle et du vent, le roulis s'est accentué. Je me suis approché du hublot. Un éclair a zébré le ciel.

– Ils t'ont tabassé ?

Mon père a laissé ses yeux se perdre dans le vague. Sa voix était devenue rauque quand il a repris la parole.

– Il ne s'est pas attaqué directement à moi. Mais quelques jours plus tard, ta mère a eu un accident de voiture.

J'ai fait volte-face. Qu'est-ce qu'il essayait de me faire comprendre ?

– Maman… a été tuée par ces types ?

– Oui.

Sa voix n'était plus qu'un murmure.

– Quelques jours à peine après l'enterrement, l'homme est revenu. Si je ne voulais pas qu'il t'arrive un accident, je devais revenir sur ma décision.

Mon père a enfoui son visage entre ses mains.

– Si je n'avais pas mis le doigt dans cet engrenage, ta mère t'aurait vu grandir, a-t-il achevé. J'étais anéanti, brisé par le chagrin et j'avais peur qu'ils s'en prennent à toi.

J'étais bouleversé, incapable de prononcer la moindre parole. Toutes mes certitudes s'effondraient. Il m'a dévisagé d'un air las.

– J'ai obéi sans plus me poser de questions. J'ai traversé les années qui ont suivi dans une sorte de brouillard. Puis la colère a pris le dessus. Je ne voulais pas que le meurtre de ta mère demeure impuni, tu comprends ? Et je me doutais que je ne pourrais jamais me retirer. Qu'une menace pèserait toujours sur toi.

– Qu'est-ce que tu as fait ?

– J'ai décidé d'accumuler des preuves contre cet homme et NanoTronik. J'ai installé une caméra que j'enclenchais chaque fois que je devais tatouer un Flashcode. Un jour, un type est venu me voir. J'ai enregistré notre conversation. Il a prétendu que son patron était devenu gâteux et qu'il reprenait les rênes.

– Nils Sanders, ai-je déduit.

– J'avais assez de preuves du chantage exercé contre moi. J'ai pensé qu'une telle opportunité ne se représenterait pas.

– Alors tu es allé à la police ?

– Pas tout à fait. Je voulais d'abord te protéger. C'est pourquoi j'ai commencé à organiser notre voyage autour du monde…

J'en ai eu le souffle coupé. Je ne savais pas si je devais être en colère ou reconnaissant. La rage m'a envahi. Ma voix tremblait quand j'ai repris la parole.

– Tu comptais m'avertir un jour que ce n'était pas un tour du monde que tu organisais, mais notre fuite ?

Le visage de mon père s'est assombri.

– Je te l'aurais avoué avant notre départ. Je voulais juste t'emmener loin, en sécurité.

J'étais abasourdi. Pourrais-je lui pardonner ses mensonges ?

– Que s'est-il passé le jour de l'explosion ?

– Je stérilisais mes instruments dans l'arrière-boutique. Deux hommes ont surgi – j'imagine qu'ils sont passés par la porte de secours, à l'arrière du magasin – et j'ai senti une aiguille s'enfoncer à la base de mon cou. Après, ça a été le néant. Quand j'ai repris conscience, j'étais au-dessus de la mer, dans un jet privé, en compagnie de plusieurs personnes qui se sont présentées comme des agents d'une unité spéciale chargée de démanteler NanoTronik. Tu imagines ma surprise !

– Mais tu ne leur as pas donné les enregistrements.

– Non. Je les ai appâtés en leur promettant des vidéos de nombreux hommes de main et du chef de NanoTronik. Ils ne savaient même pas qu'il y avait un nouveau patron ! J'ai affirmé que je ne coopérerais pas tant que tu ne serais pas en sécurité.

Voilà pourquoi tout le monde s'était brusquement intéressé à ma petite personne !

La clé a tourné dans la serrure. Maja était de retour. Son visage était ravagé par la colère.

– Où sont les autres carnets ?

– Hein ? Je ne comprends pas.

– Ta copine n'en a apporté qu'un ! Elle prétend avoir mis les deux autres en sécurité. Je suis sûre que tu sais où ils se trouvent.

Je savais maintenant à quoi Pauline avait consacré la demi-heure où elle s'était absentée. Maja a pointé son arme sur moi. Sans hésitation, mon père a bondi pour s'interposer. Sur le pont supérieur, un bruit sourd a retenti. Maja a levé les yeux, inquiète. Mon père s'est détendu comme un ressort et lui a assené un coup violent au menton.

Au-dessus de nous, il y a eu un second choc puis des échanges de coups de feu.

ABORDAGE

Mon père a ramassé l'arme de Maja, inconsciente, puis nous sommes remontés sur le pont supérieur. L'équipage était maîtrisé et les hommes de Sanders assommés et ligotés. Luc et son équipe avaient pris possession du navire.

– Je ne sais pas ce que tu fiches ici, a déclaré mon père en l'étreignant, mais quelle bonne surprise !

– C'est ton fils qu'il faut remercier, et son amie, a rétorqué Luc.

Mon père s'est tourné vers Pauline qui se tenait un peu à l'écart. Son sourire s'est métamorphosé en un rictus de haine. Il s'est adressé à moi.

– Qu'est-ce qu'elle fout ici ? a-t-il hurlé en la fusillant du regard. Tu ne sais donc pas qui elle est ? Elle est venue se faire tatouer à mon atelier, accompagnée de son père. C'est la fille du grand patron !

Ses paroles se sont envolées dans la nuit. Pauline peinait à se tenir debout, face au vent qui soufflait violemment.

– On ne choisit pas ses parents ! a-t-elle craché.

J'ai pris sa défense.

– Son père n'est plus aux commandes. Sans elle, je ne serais jamais arrivé jusqu'à toi !

Le vent était si fort que je devais crier pour me faire entendre. Je m'étais agrippé à une drisse pour conserver l'équilibre.

Le visage de mon père était aussi dur que du granit.

– Elle reste la fille du commanditaire de l'assassinat de ta mère !

– Elle possède toutes les informations pour démanteler NanoTronik. Le vrai boss, c'est lui ! ai-je hurlé en désignant le nouveau patron, tenu en respect par un homme de Luc.

La pluie a commencé à tomber.

– Il faut rentrer, a hurlé Luc. La tempête se déchaîne !

Mon père s'est approché de Sanders.

– Tu t'expliqueras devant la police, lui a-t-il jeté.

– Il n'en est pas question, a-t-il articulé en reculant.

Sans prêter attention aux bourrasques qui lui cinglaient le visage, il s'est enfui vers l'arrière du yacht, aussitôt poursuivi par Luc et ses hommes.

C'est à ce moment que le navire a gîté sévèrement par tribord. Déséquilibré, Sanders a basculé par-dessus le bastingage. La mer l'a englouti avec la férocité d'un squale.

Un des hommes a allumé un puissant projecteur pour balayer la mer déchaînée.

– On ne peut plus rien faire pour lui. C'est trop tard, a déclaré Luc.

Le navire se rapprochait dangereusement de la côte rocheuse. Pauline s'est avancée vers mon père et moi.

– Luc a accepté de m'emmener ! a-t-elle crié, le visage fouetté par la pluie. Je ne veux pas avoir affaire avec la police. Je n'ai aucune envie que ma photo paraisse à la une des journaux avec pour légende « Voici la fille d'un ancien criminel » !

Elle m'a tendu son sac.

– Prends-le. Dedans il y a un des carnets. Je te ferai parvenir les autres.

La gorge nouée, je n'ai pas réussi à articuler un mot mais mes yeux étaient suffisamment expressifs parce que Pauline m'a souri.

– Rendez-vous à Paris !

Elle s'est ensuite adressée à mon père.

– Il n'y a pas de machine à remonter le temps. Je ne pourrai jamais réparer le mal qui vous a été fait. Croyez-moi, je le regrette autant que vous.

Il a eu un mouvement de tête qui pouvait aussi bien signifier « ça m'est égal » que « je comprends ».

– Il faut y aller ! a ordonné Luc.

Le yacht tanguait et le courant l'entraînait irrésistiblement vers des éperons rocheux.

– On ne peut pas abandonner les complices de Sanders, a déclaré mon père.

Luc a acquiescé.

Pendant que ses hommes mettaient deux canots de sauvetage à l'eau et transbordaient leurs prisonniers dans l'un d'entre eux, mon père a envoyé un signal radio de détresse.

Ensuite, il est allé chercher Maja qui avait repris connaissance et nous avons tous enfilé un gilet de sauvetage. Luc nous a aidés à rejoindre le second canot puis ses compagnons et lui, accompagnés de Pauline, ont rejoint leur propre embarcation.

Le navire a gémi quand la coque s'est fracassée contre un rocher. L'eau s'est aussitôt engouffrée dans la brèche. Le timing a été parfait. Un hélicoptère a surgi, la lumière de son projecteur trouant la nuit, tandis que deux bateaux de la SNSM, les secours maritimes, apparaissaient. Le yacht a sombré quelques minutes après.

– C'était moins une ! a lancé une sauveteuse en m'adressant un sourire réconfortant.

Enveloppé dans une couverture de survie, je me suis muré dans le silence. Pauline occupait toutes mes pensées. Après un bref passage à l'hôpital de Bonifacio où la blessure à la main de mon père a été soignée, nous avons été pris en charge par la gendarmerie et, dans la demi-heure qui a suivi, des agents de l'Unité ont débarqué. Il était 5 heures du matin.

Mon père et moi avons été transférés dans une voiture banalisée, Maja et ses complices dans un fourgon cellulaire. Direction l'aéroport de Figari. J'étais épuisé.

Là, un jet privé nous attendait. L'Unité disposait de moyens exceptionnels. J'ai enfilé des vêtements secs qu'un agent m'a donnés puis l'avion s'est envolé pour le continent.

L'UNITÉ

À 8 heures, nous étions dans les locaux parisiens de l'Unité semblables à ceux d'une grande entreprise. Aucune plaque n'indiquait l'activité qui y était pratiquée. Des hommes et des femmes travaillaient dans une atmosphère studieuse. Maja a été emmenée dans une pièce voisine, sous les regards méprisants de ses anciens collègues.

Un jeune homme nous a conduits jusqu'au bureau du commandant de l'Unité et a apporté des croissants et du café.

Un homme élégant d'une cinquantaine d'années, vêtu d'un costume strict, a fait son apparition. Il s'est assis à son bureau et a posé devant lui le carnet que m'avait remis Pauline.

– Commandant Julien Martin, s'est-il présenté. Je dirige l'Unité. Je suis heureux que vous soyez indemnes.

– Pourquoi avez-vous enlevé mon père ? ai-je questionné d'un ton brusque.

Sans se formaliser, il a répondu :

– Je reconnais que nos méthodes n'ont pas été tout à fait... orthodoxes. Mais nous devions agir dans l'urgence. Depuis plusieurs mois, nous enquêtons sur une entreprise criminelle dissimulée derrière les activités légales de NanoTronik. Mais chaque fois que nous pensions avoir fait une avancée décisive, ses hommes nous coupaient l'herbe sous le pied.

– Maja jouait déjà double jeu, ai-je supposé.

Le regard du commandant s'est fait dédaigneux.

– En effet.

Il a tapoté un stylo sur son bureau, puis il a poursuivi :

– Il y a quelque temps, nous avons convaincu un chercheur de NanoTronik de coopérer avec nous contre une amnistie. Il avait développé une arme mortelle si petite qu'on pouvait l'injecter dans le corps humain au moyen d'un liquide. Pas n'importe lequel : de l'encre de tatouage.

Mon père a blêmi.

– Comment est-ce possible ? a-t-il murmuré.

Je pressentais déjà ce que le commandant allait répondre.

– Avez-vous entendu parler des nanotechnologies ? Elles utilisent des dispositifs minuscules, seulement visibles au microscope. L'encre dont vous vous êtes servi contenait une puce sur laquelle était disposé un émetteur-récepteur, le tout de la taille d'un grain de poussière.

– Pourquoi un tatouage ? a demandé mon père d'une voix sourde.

– Quand un policier arrête un suspect, l'une des premières choses qu'il fait, après avoir pris ses empreintes digitales, c'est de repérer les marques distinctives. Les Flashcodes que vous faisiez étaient suffisamment intrigants pour donner envie aux policiers de les scanner.

– Comment ça fonctionne ?

– Quand on flashe le tatouage, une commande réveille la puce et lui envoie un signal. Elle libère des composants enfermés dans des nanotubes. Lorsqu'ils se mélangent, ils se transforment en violent poison qui se répand dans le sang de la victime. Plus de témoin !

J'ai pensé aux deux malfrats que j'avais vus se tordre de douleur, dans leur cellule, à Ajaccio.

– Ces types acceptaient qu'on leur inocule une bombe à retardement sans rien dire ?

– Ils n'étaient pas au courant bien entendu, a répondu le commandant Martin. On leur expliquait qu'il s'agissait d'un signe d'appartenance, comme en adoptent certains gangs.

Je me suis souvenu que sur le yacht, Maja avait explicitement affirmé qu'un drone avait permis de nous suivre. L'encre du dragon tatoué sur le corps de Pauline contenait-elle un nanodispositif, qui envoyait un signal susceptible d'être repéré ?

Le père de Pauline avait-il rendu possible le rêve de tout parent : être capable, en permanence, de localiser sa fille chérie ? Craignait-il qu'elle disparaisse ou soit enlevée ?

Le commandant a poursuivi pour moi :

– Pour la première fois depuis des mois, nous disposions d'une longueur d'avance sur NanoTronik. Grâce aux multiples filatures effectuées par mon Unité, nous avions repéré que certains hommes se rendaient chez un tatoueur. À l'époque, ce renseignement n'avait pas une grande valeur. Mais après les révélations de notre informateur, il revêtait une importance capitale.

La voix du commandant s'est assourdie.

– Peu de temps après, le chercheur a été retrouvé mort dans la planque fournie par notre service. Depuis plusieurs mois, je soupçonnais l'existence d'une taupe au sein de l'Unité et j'étais persuadé que ce meurtre était son œuvre. Si elle avait pris de si grands risques pour le faire taire, alors le tatoueur – vous, monsieur – serait le prochain sur la liste. J'ignorais quel rôle vous jouiez, aussi ai-je décidé de vous extraire dans le plus grand secret et de vous cacher dans un endroit que seule une équipe restreinte connaîtrait.

– Le phare de Pertusatu.

Le commandant a hoché la tête en signe d'assentiment.

– Pourquoi en Corse ?

– Je voulais une planque sûre, inconnue de la taupe. J'ai opté pour la plus éloignée de Paris. Sans le savoir, nous vous avons extrait quelques minutes avant qu'une bombe ne détruise votre atelier. Je dois reconnaître que cet attentat arrangeait mes affaires, puisque NanoTronik vous croyait mort.

– Sauf que mon père a refusé de coopérer tant que je ne serais pas en sécurité, ai-je dit. Quand vous avez envoyé des hommes me récupérer à l'hôpital, Maja a compris que mon père était vivant sinon vous n'auriez eu aucune raison de me protéger.

Julien Martin a acquiescé.

– Après le fiasco de l'hôpital, elle a proposé d'intégrer l'équipe pour te récupérer dans le TGV. J'ai accepté. Et quand elle a mis la main sur toi, je lui ai fourni les coordonnées du phare où elle devait te convoyer.

– Elle en a profité pour transmettre l'information à ses vrais patrons qui ont envoyé des hommes de main au phare, a achevé mon père. Elle va passer quelques années derrière les barreaux, non ?

– Oui, d'autant qu'elle refuse de coopérer, a acquiescé le commandant, le visage grave. Elle redoute peut-être que ses anciens employeurs ne la fassent taire définitivement… Il reste un point important que j'aimerais éclaircir.

Il a désigné le carnet posé sur son bureau.

– Comment êtes-vous entrés en possession de ce document ?

C'est mon père qui a répondu.

– Sur le bateau, un homme, Nils Sanders, s'est vanté d'avoir récupéré tous les documents nécessaires à la bonne marche de NanoTronik et d'avoir pris la place de son patron dont il s'était débarrassé.

Je lui ai adressé un remerciement muet. La police ne rechercherait plus le père de Pauline.

Martin a semblé très intéressé.

– Vous êtes sûr de ce que vous avancez ? Cet homme est inconnu de nos services. Ni Maja ni les hommes arrêtés ne l'ont mentionné. Vous pourriez le décrire ?

– Mieux, il apparaît sur un enregistrement vidéo que je vous remettrai. Il avait ce carnet sur le bateau, a poursuivi mon père. Quand nous sommes remontés sur le pont, le navire dérivait dans une mer agitée. Sanders hurlait des phrases incompréhensibles. Le yacht a tangué, il a été déséquilibré et il est passé par-dessus bord. À ce moment, je n'ai pensé qu'à une seule chose, nous sortir de là.

La voix de mon père s'est brisée.

– Après avoir lancé un appel de détresse, je me suis souvenu de ce carnet et de son importance. J'ai couru jusqu'à la cabine de Sanders et je l'ai récupéré en espérant qu'il pourrait aider la police.

– Vous avez très bien fait ! a confirmé le commandant. Dommage qu'on ignore s'il en existe d'autres.

J'ai repensé à Pauline. Si elle tenait parole, Martin serait bientôt satisfait.

– Excusez la brutalité de ma question, a enchaîné le commandant, mais pourquoi vous ont-ils gardé en vie après l'attaque du phare ?

– J'ai prétendu que s'il m'arrivait malheur, les enregistrements vidéo où Sanders apparaissait parviendraient à la police. Quand il a compris que je ne dirais rien, même contraint...

Mon père a levé sa main bandée.

– ... il s'est servi de moi comme d'un appât pour attirer Antoine.

– Et il m'aurait utilisé pour te faire céder ! ai-je achevé.

Puis le commandant nous a interrogés sur les circonstances de notre libération. Nous lui avons tenu la même version. Quand nous étions remontés sur le pont, les hommes de NanoTronik s'étaient réfugiés dans un canot de sauvetage. Pourquoi avaient-ils abandonné Nils Sanders sur le navire ? Ce n'était pas à nous de l'expliquer. Maja, qui ignorait tout de l'abordage de Luc, ne risquait pas de nous contredire.

Mon père a donné toutes les indications pour que l'Unité récupère les fichiers qu'il avait mis en sûreté. D'après le commandant, il ne serait pas inquiété pour ses tatouages puisqu'il ignorait ce que contenait l'encre.

Nous sommes retournés à notre appartement. J'ai prétexté une grande fatigue pour m'enfermer dans ma chambre. Depuis l'explosion, j'avais l'impression d'avoir vécu plusieurs vies. Je me suis allongé sur mon lit. À peine mes yeux fermés, je me suis endormi.

AUTOUR DU MONDE

Pauline était assise en face de moi, dans un café situé au bord de la Seine. On était presque à la fin du mois d'août et quatre semaines s'étaient écoulées depuis que mon père et moi avions été rapatriés.

Comme promis, elle m'avait contacté peu de temps après et nous avions convenu, d'un commun accord, d'envoyer anonymement les deux carnets restants et le contenu du coffre au siège de l'Unité.

Elle avait photocopié une partie des documents qu'elle avait adressés à des sites d'information, pour accélérer le calendrier de la justice. Le résultat ne s'était pas fait attendre. Ils avaient distillé leur contenu, aussitôt repris par les journaux papier.

Parallèlement, une vague d'arrestations avait déferlé en France et des mandats internationaux avaient été lancés contre des comparses basés à l'étranger. Privé de ses deux têtes pensantes, ses capitaux gelés grâce aux renseignements recueillis dans les carnets, l'empire criminel de NanoTronik s'était écroulé comme un château de cartes.

– Tu as vu la une des journaux ? a demandé Pauline en retirant ses lunettes de soleil – dont elle n'avait pas besoin puisqu'il pleuvait des cordes.

Elle a posé un quotidien sur la table. « UN ÉTÉ POURRI ! » titrait-il.

– Notre affaire est retombée comme un soufflé, a-t-elle ajouté, le sourire aux lèvres. Les médias ont retrouvé leur sujet de prédilection quand ils n'ont aucune catastrophe à annoncer.

– Tant mieux. Je n'ai aucune envie qu'un journaliste fasse le rapprochement entre l'explosion de l'atelier et cette affaire.

Après avoir passé la commande, elle a repris :

– Tu m'en veux ?

Sa question m'a surpris.

– De quoi ?

– De ce que mon père a fait subir à ta famille.

Pauline voulait une réponse sincère. J'ai pris le temps de réfléchir avant d'exprimer le fond de ma pensée.

– Tu l'as dit toi-même : on ne choisit pas ses parents. Tu étais à peine plus âgée que moi quand ton père a organisé le meurtre de ma mère.

Ses yeux me sondaient. Elle s'est mordillé la lèvre inférieure, comme si elle hésitait à me faire une confidence. Puis elle s'est lancée.

– Le mail de Sanders que j'ai intercepté, à propos de l'attentat qu'il planifiait contre ton père, a ravivé des souvenirs. Je t'ai dit que parfois, quand je rentrais à la maison, je surprenais des bribes de conversation…

J'ai hoché la tête pour l'encourager à poursuivre.

– Une fois, je jouais à l'exploratrice dans le bureau de mon père quand je l'ai entendu approcher. Il était en grande conversation avec un homme. Je n'avais pas le droit de me trouver là. Je me suis dissimulée derrière un gros fauteuil.

Pauline s'est interrompue. Elle revivait la scène.

– Mon père était en colère. Il parlait fort. Sur le coup, je n'ai pas compris le sens de ses paroles mais elles se sont gravées dans ma mémoire.

Elle a plongé ses yeux dans les miens puis elle a récité :

– « Je te charge de faire rentrer ce tatoueur dans le rang. Je veux qu'il me mange dans la main ! » Et son interlocuteur a répondu : « Sa femme pourrait avoir un accident de voiture. Et on pourrait le menacer de s'en prendre à son fils s'il refuse d'obéir. » « Excellent ! » a approuvé mon père.

Ma voix tremblait quand j'ai posé la question dont je connaissais pourtant la réponse.

– Qui était l'homme avec ton père ?

– Nils Sanders.

La boucle était bouclée.

– Ma famille n'est pas la seule à avoir souffert. Ta mère… et toi qui as passé ton enfance et ton adolescence dans cette espèce de pension pour ninjas !

Ma formulation l'a fait sourire. Mais c'était un sourire d'amertume. Après quelques minutes de silence, j'ai changé de sujet.

– Tu habites où maintenant ?

– J'ai loué un appartement dans un autre quartier, a-t-elle répondu, évasive.

J'ai imaginé des caméras surveillant son palier, une porte blindée, peut-être un détecteur de mouvements.

– Quels sont tes projets ?

– Je suis assez douée pour certaines activités, a répondu Pauline sans entrer dans les détails.

J'avais eu un aperçu de ses talents.

– Je vais tenter de m'en servir pour aider les gens.

– Et ton père ?

Elle a haussé les épaules.

– La maladie grignote sa mémoire comme une souris un morceau de gruyère. Parlons d'autre chose, si tu veux bien. Dans une semaine, c'est le grand jour !

Je me suis demandé comment elle était au courant. Avait-elle hacké mon ordinateur, une de ses fameuses compétences ?

– Oui. On commence par traverser l'Inde puis comme prévu nous poursuivrons notre voyage toute une année. Tu seras là à mon retour ?

Elle a acquiescé et suggéré dans un sourire :

– Si tu as du mal à me localiser, lance un drone à ma recherche !

Quand elle avait repris contact avec moi, je lui avais fait part de ma théorie concernant son tatouage, d'autant que mon père m'avait confirmé que NanoTronik avait fourni l'encre. Pauline n'avait pas paru s'en émouvoir.

– Plus personne n'a de raison de s'inquiéter de ma petite personne. Mon père est persuadé que je suis une aide-soignante, Sanders nourrit les poissons de la Méditerranée et Maja croupit en prison.

Elle a glissé vers moi un paquet enveloppé dans du papier cadeau.

– Qu'est-ce que c'est ?

– Ouvre...

Un appareil photo ultra-compact ! J'ai jeté un regard interrogateur à Pauline.

– Tu m'enverras une photo de chaque lieu que tu traverseras. Ce sera une façon de rester en contact.

J'ai esquissé un sourire. Au fond de la boîte, elle avait noté une adresse mail que je ne pourrais jamais oublier, même à l'autre bout du monde : « ninja@hotmail.fr ».

L'AUTEUR

Christophe Miraucourt est né au siècle dernier et à ceux qui s'étonneraient qu'il ne soit pas encore en maison de retraite, il rétorque qu'« écrire aide à rester jeune ».
Après avoir été instituteur puis instit'auteur, il est, avec ce troisième polar, « institutueur ».
Heureusement, son seul crime est fait de pages et de mots, où l'encre de son stylo remplace le sang des victimes.
Grand amateur du genre policier, il a souhaité passer du statut de lecteur à celui d'auteur.

Retrouvez tous les titres de la collection

Heure noire

www.rageot.fr

et

www.livre-attitude.fr

PAPIER À BASE DE FIBRES CERTIFIÉES

RAGEOT s'engage pour l'environnement en réduisant l'empreinte carbone de ses livres
Celle de cet exemplaire est de :
534 g éq. CO_2
Rendez-vous sur
www.rageot-durable.fr

Achevé d'imprimer en France en mars 2015
par l'imprimerie Normandie Roto s.a.s.
Couverture imprimée par Boutaux (28)
Dépôt légal : mars 2015
N° d'édition : 6324- 01
N° d'impression : 1500839